LE PEINTRE D'AQUARELLES

DU MÊME AUTEUR

ROMANS, RÉCITS ET CONTES

CONTES POUR BUVEURS ATTARDÉS, Éditions du Jour, 1966 ; BQ, 1996.
LA CITÉ DANS L'ŒUF, Éditions du Jour, 1969 ; BQ, 1997.
C'T'À TON TOUR, LAURA CADIEUX, Éditions du Jour, 1973 ; BQ, 1997.
LE CŒUR DÉCOUVERT, Leméac, 1986 ; Babel, 1995 ; Nomades, 2016.
LES VUES ANIMÉES, Leméac, 1990 ; Babel, 1999 ; Nomades, 2016.
DOUZE COUPS DE THÉÂTRE, Leméac, 1992 ; Babel, 1997 ; Nomades, 2016.
LE CŒUR ÉCLATÉ, Leméac, 1993 ; Babel, 1995 ; Nomades, 2016.
UN ANGE CORNU AVEC DES AILES DE TÔLE, Leméac/Actes Sud, 1994 ; Babel, 1996 ; Nomades, 2015.
LA NUIT DES PRINCES CHARMANTS, Leméac/Actes Sud, 1995 ; Babel, 2000 ; Nomades, 2016.
QUARANTE-QUATRE MINUTES, QUARANTE-QUATRE SECONDES, Leméac/Actes Sud, 1997.
HOTEL BRISTOL, NEW YORK, NY, Leméac/Actes Sud, 1999.
L'HOMME QUI ENTENDAIT SIFFLER UNE BOUILLOIRE, Leméac/Actes Sud, 2001.
BONBONS ASSORTIS, Leméac/Actes Sud, 2002 ; Babel, 2010 ; Nomades, 2015.
LE CAHIER NOIR, Leméac/Actes Sud, 2003.
LE CAHIER ROUGE, Leméac/Actes Sud, 2004.
LE CAHIER BLEU, Leméac/Actes Sud, 2005.
LE GAY SAVOIR, Leméac/Actes Sud, coll. «Thesaurus», 2005.
LE TROU DANS LE MUR, Leméac/Actes Sud, 2006.
CONVERSATIONS AVEC UN ENFANT CURIEUX, Leméac/Actes Sud, 2016.

LA DIASPORA DES DESROSIERS

LA TRAVERSÉE DU CONTINENT, Leméac/Actes Sud, 2007 ; Babel, 2014 ; Nomades, 2016.
LA TRAVERSÉE DE LA VILLE, Leméac/Actes Sud, 2008.
LA TRAVERSÉE DES SENTIMENTS, Leméac/Actes Sud, 2009 ; Babel, 2014.
LE PASSAGE OBLIGÉ, Leméac/Actes Sud, 2010.
LA GRANDE MÊLÉE, Leméac/Actes Sud, 2011.
AU HASARD LA CHANCE, Leméac/Actes Sud, 2012.
LES CLEFS DU PARADISE, Leméac/Actes Sud, 2013.
SURVIVRE! SURVIVRE!, Leméac/Actes Sud, 2014.
LA TRAVERSÉE DU MALHEUR, Leméac/Actes Sud, 2015.
LA DIASPORA DES DESROSIERS, Leméac/Actes Sud, coll. «Thesaurus», 2017.

CHRONIQUES DU PLATEAU-MONT-ROYAL

LA GROSSE FEMME D'À CÔTÉ EST ENCEINTE, Leméac, 1978 ; Babel, 1995 ; Nomades, 2015.
THÉRÈSE ET PIERRETTE À L'ÉCOLE DES SAINTS-ANGES, Leméac, 1980 ; Grasset, 1983 ; Babel, 1995 ; Nomades, 2016.
LA DUCHESSE ET LE ROTURIER, Leméac, 1982 ; Grasset, 1984 ; BQ, 1992.
DES NOUVELLES D'ÉDOUARD, Leméac, 1984 ; Babel, 1997 ; Nomades, 2016.
LE PREMIER QUARTIER DE LA LUNE, Leméac, 1989 ; Babel, 1999 ; Nomades, 2015.
UN OBJET DE BEAUTÉ, Leméac/Actes Sud, 1997 ; Babel, 2011 ; Nomades, 2016.
CHRONIQUES DU PLATEAU-MONT-ROYAL, Leméac/Actes Sud, coll. «Thesaurus», 2000.

MICHEL TREMBLAY

Le peintre d'aquarelles

roman

LEMÉAC / ACTES SUD

Illustrations : aquarelles de Michel Tremblay

Leméac Éditeur remercie le gouvernement du Canada, le Conseil des arts du Canada, la Société de développement des entreprises culturelles du Québec (SODEC) et le Programme de crédit d'impôt pour l'édition de livres du Québec (Gestion SODEC) du soutien accordé à son programme de publication.

Canadä

Toute adaptation ou utilisation de cette œuvre, en tout ou en partie, par quelque moyen que ce soit, par toute personne ou tout groupe, amateur ou professionnel, est formellement interdite sans l'autorisation écrite de l'auteur ou de son agent autorisé. Pour toute autorisation, veuillez communiquer avec l'agent autorisé de l'auteur : John C. Goodwin et ass., 839, rue Sherbrooke Est, bureau 200, Montréal (Québec) H2L 1K6 (artistes@agencegoodwin.com, www.agencegoodwin.com).

Tous droits réservés. Toute reproduction de cette œuvre, en totalité ou en partie, par quelque moyen que ce soit, est interdite sans l'autorisation écrite de l'éditeur.

© LEMÉAC, 2017
ISBN 978-2-7609-1301-1

© ACTES SUD, 2017
pour la France, la Belgique et la Suisse
ISBN 978-2-330-09306-8

Imprimé au Canada

*Pour Pierre Filion qui m'a, en quelque sorte,
suggéré le sujet de ce roman.*

> J'ai reconnu le bonheur
> au bruit qu'il a fait en partant.
>
> Jacques Prévert

PRÉLUDE

D'abord, j'étends beaucoup d'eau sur ma feuille à l'aide de mon plus gros pinceau, en faisant bien attention, cependant, de ne pas saturer le papier et produire ces vilaines loupes liquides que je n'arrive toujours pas à contrôler, même après toutes ces années, et qui forment des taches pâles au beau milieu des aquarelles. On appelle ça, je crois, *blotcher* le papier. Quand ça arrive, je déchire la feuille humide et je passe à une autre parce que je sais que je n'arriverai à rien, mon travail est déjà gâché.

D'habitude j'attends une ou deux minutes avant de mettre de la couleur, le temps que le papier sèche un peu, mais aujourd'hui je veux produire un vrai lavis, donner à mon tableau une impression de brume, une imprécision, comme si l'œil n'arrivait pas tout de suite à saisir ce qu'il regarde, comme si l'œil avait à réfléchir avant de comprendre ce qu'il voit. Je jette donc tout de suite des taches de rouge, de jaune, d'orangé, qui se mêlent en tourbillonnant et qui se mettent aussitôt à dégouliner vers le bas. C'est déjà beau. Avec mon index je fais des zébrures pour casser, crever les ronds de couleur qui s'étendent en tous sens. C'est, ou plutôt ce sera, un immense coucher de soleil parce que le ciel que je suis en train de construire envahit presque toute la page. En bas, dans le mince espace qui reste, je me donne deux choix : ou bien j'étire une longue bande turquoise pour suggérer la mer, ou bien, comme il m'arrive de le faire de plus en plus souvent, je jette des coups de pinceau de tous les verts que je possède pour donner l'impression qu'on aperçoit vaguement le toit d'une montagne.

La mer, c'est un rêve. Je n'ai jamais vu la mer, je n'ai jamais pris l'avion, en fait je n'ai pas quitté Nominingue depuis plus de cinquante ans. Alors je puise dans ce que j'ai vu à la télévision, au cinéma ; j'imagine, j'invente une mer d'un bleu qui n'existe sans doute pas, toujours calme et apaisante, sans gros rouleaux, sans ressac, sans danger. Et chaude. J'aimerais que chaque personne qui regardera éventuellement mon tableau ait envie de s'y baigner. Sous ce ciel infini. Et de ne jamais en ressortir.

La montagne, c'est ma réalité. Je suis entouré depuis mes vingt ans des plus vieilles montagnes du monde – du moins, c'est ce qu'on dit –, elles ont été mon premier sujet quand je me suis mis à peindre sur les conseils du docteur Bazin, qui prétendait que ça me ferait du bien – il avait raison. Sans doute parce qu'elles étaient là, omniprésentes, un rien étouffantes, pas trop parce qu'elles ne sont pas très hautes, et surtout à cause de l'incessante transformation de leurs teintes. Le nombre de verts que j'ai dû inventer pour leur rendre justice, le nombre d'heures que j'ai passées, au début, à essayer de dessiner chaque feuille, chaque branche, chaque nervure de branche ! Avec le temps j'ai appris à m'éloigner de ce qui est vrai, de ce qui existe, de ce que j'ai sous les yeux pour me contenter – ce n'est peut-être pas le bon mot – de suggérer les choses : ce ne sont pas des portraits de la nature que je fais, mais des interprétations. Pour me faire du bien. M'éloigner des explosions de couleurs que j'ai en dedans de moi et qui ont déclenché tant de crises. Oui, le docteur Bazin avait raison. Je transfère mes explosions sur le papier et je m'en trouve mieux.

Cette fois je choisis la montagne. De tout petits coups de pinceau, des pics de verts, un peu de brun pour les arbres morts, du jaune pour suggérer l'automne qui s'en vient. Voilà. C'est terminé.

Je me lève de ma table de travail – l'aquarelle, ça se fait à plat à cause de l'eau, si j'utilisais un chevalet, tout coulerait toujours vers le bas –, je m'éloigne un peu. On dirait que le ciel dégouline ses couleurs sur le faîte des arbres. Je dois attendre un bon quart d'heure avant de voir le vrai résultat. Et signer.

Une chose intéressante, avec l'aquarelle, c'est qu'on ne sait jamais avec précision ce que ça va donner en séchant. Avec la peinture à l'huile – une vieille expression, on dit acrylique maintenant, je crois –, j'imagine qu'on sait toujours où on s'en va parce que ça ne pâlit pas en séchant, ça reste tel quel, c'est contrôlable, ça vous donne avec grande exactitude ce que vous voulez, ni plus ni moins. Avec l'aquarelle, par contre, on a souvent des surprises : c'est plus pâle, c'est plus foncé, ça a coulé là où on ne voulait pas, deux couches se sont superposées et l'effet est étonnant. Ou catastrophique. C'est ce que j'aime. Avoir des surprises. Être étonné par une chose que j'ai pourtant faite moi-même. Et qui s'est achevée en dehors de moi.

Le papier a commencé à gondoler. Il faut que ça sèche le plus vite possible. Je prends l'aquarelle du bout des doigts – ça sent le carton mouillé, une de mes odeurs favorites –, je descends les marches de bois qui mènent au jardin, je pose la feuille sur l'herbe, en plein soleil. Je reste là, bras croisés, à regarder changer les couleurs et se redresser le papier. L'œuvre que j'ai faite se termine sans moi.

Évidemment, pour faire tout ça j'ai enlevé mes verres fumés qui me rendent invisible.

Maman est venue me visiter aujourd'hui. Quand je suis entré dans la maison en tenant mon aquarelle du bout des doigts pour ne pas la salir – j'ai toujours les mains tachées quand je peins –, elle était installée dans mon fauteuil devant la télévision que je laisse allumée toute la journée pour me tenir compagnie. Ses cheveux flambaient. Ils flambent toujours. Ce n'étaient pas des flammes de colère comme lorsqu'elle vient me crier des injures ou me faire les mêmes reproches qu'elle répète depuis plus de cinquante ans, c'était un beau halo jaune et rouge – celui des jours paisibles – qui n'était pas sans rappeler le coucher de soleil que je venais de dessiner. Pour une fois, Duplessis l'accompagnait. Il dormait sur ses genoux. Il flambait, lui aussi, juste un peu de feu, et très pâle, à la surface de sa fourrure. Elle lui grattait la tête avec sa main droite et il faisait semblant de ne pas s'en apercevoir. Je suis convaincu qu'il ne ronronnait pas. Il ne lui ferait jamais ce cadeau.

Ils ont toujours été en conflit. C'est-à-dire que maman ne pouvait pas le supporter. De son vivant à lui parce qu'elle avait peur qu'il me grafigne ou qu'il me donne des puces – «Lâche ce chat-là, Marcel, y va finir par te transmettre des maladies!» –, quand il a été mort sans toutefois me quitter parce qu'elle ne croyait pas, qu'elle ne voulait pas croire qu'il était là, dans mes bras, ou sur mes genoux, pour la simple raison qu'elle ne le voyait pas. Elle l'appelait mon maudit chat imaginaire et se plaignait à tout le monde d'avoir un enfant qui avait des visions. Elle ne savait pas à quel point elle nous faisait de la peine, à Duplessis et à moi.

C'est pour ça que j'ai été si étonné de les voir ensemble. Que Duplessis accepte de rester sur ses genoux et qu'elle condescende à le flatter. Sans se brûler la main. J'ai pensé qu'ils n'étaient peut-être pas là sans raison.

Maman n'a pas tourné la tête à mon arrivée. Et j'ai décidé de me taire. Si elle avait quelque chose à dire, qu'elle le dise, je n'allais certainement pas la questionner. J'ai fait comme si de rien n'était et je suis allé déposer l'aquarelle toute fraîche sur la table de la cuisine. C'était une commande du docteur Bazin qui est sans doute mon plus grand collectionneur. Sa maison et son bureau sont bardés de mes toiles. C'est lui qui dit ça, qui utilise le mot barder. Comme si mes tableaux, c'est toujours lui qui le prétend, protégeaient sa maison. « Avec tant de beauté dans la maison, mon garçon, y peut rien nous arriver de mal ! » Il me semble qu'elles ne sont pas si belles, pourtant.

J'ai décidé d'aller tout de suite lui porter son tableau, de sortir sans saluer maman ni Duplessis, de les ignorer. En espérant qu'ils seraient partis à mon retour. Des fois, je suis content de les voir, l'un ou l'autre – c'est la première fois que je les voyais ensemble –, aujourd'hui, non. Je ne savais pas pourquoi, je sentais juste que tous les deux ensemble c'était trop, que j'avais dépassé une borne – je sais bien que tout ça est faux, même si j'y crois dur comme fer, que c'est vrai et faux tout à la fois – et que quelque chose allait se passer...

Ils me regardaient tous les deux quand j'ai traversé le salon pour sortir de la maison. Et j'ai su tout de suite ce qui allait arriver. J'aurais dû y penser. Mais il n'y avait pas eu de signe avant-coureur. Et ma dernière vraie crise datait de plusieurs mois. J'oublie, entre deux crises, que je fais des crises. J'allais ouvrir la porte grillagée qui donne sur le perron quand j'ai senti l'odeur de caramel. Ça sentait le brûlé et le sucré en même temps. Ça puait et ça sentait bon en même temps. J'ai laissé tomber l'aquarelle sur le tapis, je suis passé devant maman et Duplessis en leur criant «Pourquoi vous me l'avez pas dit! Pourquoi vous m'avez pas averti! Vous étiez venus pour ça, non?», j'ai sauté sur le premier tiroir de cuisine que j'ai trouvé, j'ai sorti une cuiller de bois, je l'ai insérée entre mes dents et j'ai pressé le bouton de panique que je porte autour du cou comme un scapulaire. Le docteur Bazin m'a répété mille fois de me servir de mon bouton d'abord, mais j'oublie toujours. Des fois c'est trop tard et je dois m'arranger tout seul, passer à travers tout seul, risquer de me blesser si la crise est trop grave. Quelque part à l'hôpital ou au poste de police une alarme a dû sonner, je ne sais pas comment ça marche, tout ce que je sais c'est que quelqu'un entend quelque chose quelque part lorsque je me sers de mon bouton de panique et qu'il laisse tout tomber pour venir à mon aide. Je me suis retrouvé sur le plancher de la cuisine, mes membres ne m'obéissaient plus, je me frappais la tête contre le bois, une mousse désagréable remplissait ma bouche. Qu'ils arrivent, mon Dieu, qu'ils arrivent! J'ai tourné la tête et j'ai vu, à travers la porte qui sépare la cuisine du salon, que maman flattait toujours Duplessis qui faisait toujours semblant de dormir. « Pourquoi vous avez détourné la tête ? R'gardez-moi, au moins, r'gardez-moi ! » La dernière chose dont je me souvienne, c'est Duplessis qui a sursauté quand il a entendu claquer une porte de voiture.

« ... vas-tu mieux, monsieur Marcel ? Ça va-tu mieux ? »

J'en reviens toujours, c'est ça qui est le plus triste.

« Voulez-vous venir passer une nuit à l'hôpital ? On va prendre soin de vous. »

Un nouveau. Je ne le connais pas, celui-là. Bien jeune, il me semble, pour faire ce métier-là. Pour s'occuper d'un vieux comme moi.

« Non, non, ça va aller. C'tait juste une petite crise. Tu vas t'habituer. Dans pas longtemps, tu me demanderas pus si j'ai besoin d'autres soins. Merci beaucoup de m'avoir aidé. Tu peux t'en aller à c't'heure.

— Reposez-vous bien.

— Ben oui.

— Prenez soin de vous.

— Ben oui. Tu vas trouver une aquarelle sur le plancher, pose-la donc quequ'part sur une table... »

J'ai failli lui demander si maman et Duplessis étaient encore là. Qu'est-ce qu'il aurait pensé ? Un délire de vieux fou, sans doute. Un autre qui perd la tête. Je ne perds pas la tête. Jamais. J'ajoute des expériences.

FUGUE

Je n'ai jamais tenu de journal personnel. Je n'en voyais pas l'utilité. Les choses que j'ai vécues, je les ai vécues, les choses que je comprends, je les comprends, je ne vois pas ce que ça peut donner de les inscrire dans un cahier que je ne relirai sans doute jamais. Se confier à la page blanche? Je le fais autrement… Et en couleur!

Quand j'étais petit, je me souviens très bien que ma sœur Thérèse, mes cousines, Lise et Jeannine, et leurs amies de l'école des Saints-Anges possédaient chacune un journal en faux cuir muni d'une serrure qu'elles tenaient bien verrouillée pour que personne n'aille y fourrer le nez. Elles disaient à qui voulait l'entendre qu'elles y couchaient tous leurs secrets. Qui aurait eu envie de lire les secrets d'une petite fille de douze ou treize ans, je me le demande… Sauf pour les faire hurler, bien sûr, ce dont je ne me privais pas d'ailleurs. En tout cas avec ma sœur. Je sortais du salon où dormait Thérèse en brandissant son journal dont je trouvais toujours la cachette et elle me courait après à travers la maison pendant de longues minutes en criant qu'elle allait me tuer. Mais je n'ai jamais eu l'intention de le lire. Je ne suis pas certain, par contre, qu'elle n'ait jamais eu envie de me tuer.

Pour en revenir à son groupe d'amies, elles parlaient de leur journal entre elles à voix basse, elles rougissaient tout en jetant des allusions à son contenu. Elles faisaient souvent semblant de vouloir voler celui de Pierrette, la plus susceptible de leur groupe, parce que, disaient-elles, elle était la plus sujette à y mettre des secrets honteux, mais moi je savais que la plus sombre d'entre elles, celle qui cachait le plus de choses inavouables qui risquaient de se retrouver dans un journal, était ma sœur. Ma sœur Thérèse que j'ai tant aimée. Et qui m'a tant aimé. Au milieu des hurlements et des menaces, des batailles et des séances de tirage de cheveux (les siens, les miens ma mère les gardait très courts par peur des poux). Si j'avais forcé la petite serrure, si je l'avais lu, le fameux journal, qu'est-ce que j'aurais appris de choquant ? Mais j'étais déjà assez perturbé sans en plus ajouter les confessions trop troublantes de ma sœur pour un petit garçon de mon âge.

Alors pourquoi est-ce que j'ai acheté ce cahier à la papeterie de Nominingue en sortant de l'hôpital ? Pourquoi est-ce que je me suis jeté dessus pour y raconter d'abord comment je peins, puis la dernière visite de ma mère et de mon chat suivie de cette crise pareille à toutes celles qui l'ont précédée et toutes celles qui vont suivre ? Et au temps présent comme si ça se passait pendant que je l'écrivais ? Pour me faire du bien ? Si c'était la raison, ça n'a pas fonctionné parce que je ne me sens pas du tout mieux. Ni soulagé. Peut-être un peu, tout de même... En tout cas en l'écrivant. Oui, en écrivant j'ai senti, je dois l'avouer, un certain soulagement. Alors pourquoi garder tout ça, le confiner dans un journal, pourquoi ne pas jeter les feuillets au fur et à mesure après que le soulagement a fait son travail ? Quelle drôle d'expression. Le travail d'un soulagement… L'effet ? L'effet, c'est peut-être mieux. Après que le soulagement a fait son effet ? C'est bien laid comme phrase, cette répétition du son *fait*. Je garde le mot travail. Ce serait peut-être encore plus soulageant de brûler chaque page dans le poêle à bois au fur et à mesure que je l'aurais écrite. Je vais essayer, tout à l'heure, quand j'aurai fini cette deuxième entrée de mon journal. Pour voir. Déchirer les pages que je viens de terminer, les tendre vers le feu… Le feu. Qui a fait flamber de si belle façon les cheveux de ma mère et qui m'a mené jusqu'ici… C'est à cause de lui que je suis enfermé à Nominingue depuis si longtemps, enterré vivant au milieu des plus vieilles montagnes du monde, si belles mais si étouffantes.

Je mélange tout. Il me semble que lorsqu'on écrit on devrait aller en ligne droite, suivre une seule idée à la fois, éviter de passer d'un sujet à l'autre comme je le fais depuis plus d'une heure. C'est ce que je vais tenter d'accomplir à partir de demain. Parce que si je me souviens bien, on doit écrire quelques mots sinon quelques pages de son journal chaque jour. Et si demain je n'ai rien à dire ? Si ça dure une semaine, un mois ? Écrire n'importe quoi, des niaiseries, dessiner des doodles comme lorsqu'on s'ennuie à l'école ?

On verra bien.

Oh oui, j'oubliais. Quant à divaguer, une dernière chose…

Le docteur Bazin a parlé d'augmenter la dose de certains de mes médicaments. J'ai eu beau lui dire qu'ils me gèlent, qu'ils m'empêchent de me concentrer, qu'ils me tiennent parfois trop longtemps éloigné de mes aquarelles – qu'il aime tant –, il m'a dit que ce serait important d'essayer pour un temps. Pour mon bien. Toujours pour mon bien. Depuis que le docteur Loiselle est mort, le docteur Bazin n'arrête pas, à l'entendre parler, de me traiter pour mon bien. Je déteste cette expression. Le docteur Loiselle ne me traitait tout de même pas pour me faire du mal! Et jamais il ne me parlait de « mon bien ». Il n'avait pas besoin de le faire. Je le savais.

Il paraît, ça vient de me revenir, qu'on doit écrire « Cher journal » au début de chaque entrée. Jamais je ne m'astreindrai à une chose aussi ridicule.

Cher journal (hi, hi, hi)
Aujourd'hui, je n'ai rien à dire.
Alors je ne le dis pas.

Je n'ai rien écrit, hier. Juste un « cher journal, je n'ai rien à dire » avant d'aller peindre mon aquarelle noire – j'y reviendrai – et je me suis trouvé drôle.

En fait, c'est sûrement normal, j'en ai trop à dire et je ne sais pas par où commencer. Je pense aussi qu'écrire tous les jours quand ce n'est pas son métier est trop exigeant. Je me demande comment Thérèse et ses amies faisaient, parce qu'elles se vantaient d'ouvrir leur journal chaque soir avant de s'endormir et de s'épancher sur la journée qui s'achevait. Mais c'est elles qui le disaient. Je ne suis pas obligé de les croire. Et leur journal devait contenir des pages pas mal plates!

C'est une discipline que je ne connais pas et mes entrées, au début, seront sans doute brouillonnes, pour ne pas dire parfois incompréhensibles. Je vais donc attendre qu'une idée, ou un souvenir, me pousse vers la vieille table de travail derrière laquelle le docteur Loiselle se réfugiait pour recevoir ses clients et que j'ai poussée contre la grande fenêtre du salon qui donne sur ce qu'ils ont toujours appelé le jardin, lui et sa femme, la merveilleuse Catherine dont l'absence me pèse encore, et qui n'est en réalité qu'un fouillis inextricable de plantes, de fleurs et d'arbres trop vieux pour se tenir droit. Je viens d'écrire ma première longue phrase. J'ignore si elle tient debout, mais je l'ai relue trois fois et je la trouve bien belle. J'en ferai d'autres! T'nez ben vos tuques!

Aujourd'hui, ce qui me pousse à écrire c'est le fait que je n'ai pas pu le faire hier. Qu'est-ce qui fait qu'hier j'étais bloqué et qu'aujourd'hui ça sort tout seul? Ou presque. Je me suis penché sur la page blanche, hier, et ma tête était en même temps vide et débordante. Je sentais, je voyais même tous les sujets que j'aurais pu aborder – c'est donc faux que je n'avais rien à dire, je l'ai déjà écrit – et… Trop de choix? Je devrais peut-être y penser d'avance. À ce que je vais écrire. C'est ce que j'ai fait, ce matin, en mangeant mon porridge, et ça m'aide puisque j'ai déjà rempli presque trois pages.

J'étais pourtant de la même humeur qu'aujourd'hui, ou à peu près. Le temps était semblable, chaud et humide, j'avais laissé la télévision allumée à RDI parce que leurs voix me bercent, comme une musique de fond, sans que je sente le besoin de les écouter, ce qui serait le cas si c'était de la vraie musique. Une musique d'ascenseur parlée. Le cahier était ouvert devant moi, j'avais la plume à la main… Mon sens du ridicule, peut-être? Oui, c'est possible parce que je me souviens de m'être demandé de quoi je pouvais avoir l'air, comme ça, me préparant à écrire, moi dont ce n'est pas le métier… De quoi aurais-je eu l'air, par exemple, si j'avais fait un selfie? Un usurpateur qui se prend au sérieux? De quoi le docteur Loiselle aurait-il eu l'air, installé devant une aquarelle à faire? Ou la belle Catherine assise sur la grosse tondeuse à gazon qui lui a toujours fait peur parce qu'elle faisait trop de bruit? Chacun son métier? Je ne l'ai pourtant jamais pensé. Sinon je ne me serais pas lancé, il y a si longtemps, dans la peinture.

Mais je m'éparpille, je m'éloigne de l'essentiel. Et je n'en trouve pas, de raisons. Pour hier. Je n'avais peut-être tout simplement pas le goût d'écrire. Comme pour les aquarelles. Comme tout le reste. Quand ça ne te tente pas, ça ne te tente pas, c'est tout. J'ai donc écrit toutes ces pages-là pour rien ? Pour ne rien trouver ? Pour ne rien comprendre ? Est-ce que ça veut dire qu'on apprend même quand on ne comprend pas ? En écrivant, je veux dire. Mais j'en demande sans doute trop, si tôt dans ma « carrière » d'écrivain. D'écrivailleur, plutôt. De salisseur de pages. On verra demain. Ou plus tard. Je pourrai alors peut-être plus développer. Mieux développer.

Mon aquarelle noire maintenant. Il m'arrive trois ou quatre fois par année d'avoir envie de produire un tableau tout noir, enfin pas totalement noir, mais une espèce de camaïeu de toutes sortes de noirs, un tourbillon de noirs – je sais bien qu'il n'existe qu'un noir, j'inclus le gris, le gris, pour moi, est un noir pâle, donc un noir – qui se fondent les uns dans les autres, qui luttent et se colletaillent. Peut-être pour me défrustrer de ne pas avoir réussi à écrire, je me suis lancé sur ma table de travail et… comment dire…

En tout cas, c'est une de mes plus belles aquarelles depuis longtemps. Une tempête au-dessus des eaux, mais on ne sait pas où le ciel finit et où commence la mer. Et ce n'est pas un lavis. Tout est précis, vivant. Ça bouge, ça tourbillonne, on peut presque sentir la force du vent. J'étais déchaîné, je travaillais à grands gestes, mon pinceau était partout à la fois, je crois même avoir lancé de grands cris en travaillant. Et tout au fond du nuage central, un massif de volutes noir d'encre, et ça me trouble parce que je ne l'ai pas voulu, je crois bien qu'on peut deviner l'ombre d'un chat. Juste une suggestion de chat, juste un accroire, c'est là sans y être et je l'ai mis là sans m'en apercevoir.

Deux fois dans la même semaine. Ça veut dire que Duplessis est revenu dans ma vie. Après une si longue absence.

Je suis arrivé à Nominingue il y a cinquante-trois ans. Cinquante-trois ans. J'en avais vingt-trois. J'étais dans un état... (je viens de vérifier dans le vieux dictionnaire des synonymes du docteur Loiselle : épouvantable, affreux, effroyable, abominable, tous sont applicables, tous sont pertinents, et les autres aussi, que je n'ai pas copiés ici). Un enfant de la ville qui n'a jamais connu la campagne et qu'on jette en pleine crise dans une maison d'aliénés au fin fond des Laurentides et tenue par une congrégation de frères enseignants aussi fous que leurs patients. Et un personnel sans scrupule (sauf le docteur Loiselle qui m'a sauvé la vie et m'en a offert une nouvelle). Partout ailleurs c'était la fin de la Grande Noirceur, au Québec, sauf ici, dans cet établissement maudit aujourd'hui conspué et montré du doigt, dont on essaie même d'effacer les traces mais qui, à l'époque, était en pleine... oserais-je écrire floraison ? J'ai été l'une des dernières victimes, jusqu'ici silencieuse, d'un système d'une cruauté sans nom, qui n'avait aucune raison d'exister dans un pays dit civilisé et qui a brisé des centaines de vies dans une espèce de joie froide, de cynisme forcené – non, le mot forcené n'est pas trop fort –, où les cris de douleur qu'on entendait jour et nuit venaient des âmes blessées autant que des corps meurtris.

C'est vrai que j'avais fait une chose terrible : non seulement j'avais mis le feu aux cheveux de ma mère, mais j'avais aimé ça, j'avais trouvé ça beau même si ça ne sentait pas bon. Cette flammèche, courte et brillante, ces quelques secondes de lumière au fond de la chambre sombre où dormait ma mère, à qui j'en voulais pour je ne sais plus trop quelle raison, m'avaient, je m'en souviens très bien, consolé et apaisé. Consolé de quoi ? Je ne l'ai jamais trouvé. Je vénérais ma mère, malgré son impatience et son mauvais caractère, et pourtant j'ai fait ce geste qui m'étonne encore parce qu'il n'a pas de sens. Sauf, bien sûr, si j'en mets la faute sur ma tête malade, ce qu'on a essayé de faire pendant tout mon séjour à l'hôpital en me traitant de fils ingrat et de dégénéré. Avant d'écrire cette page de mon journal j'ai passé presque toute la nuit à y réfléchir. Pour avoir quelque chose à écrire autant que pour comprendre. J'étais bien naïf. Si je n'ai pas trouvé la cause de mon geste en cinquante-trois ans de culpabilité et de questionnements, je ne vois pas comment je l'aurais trouvée en une nuit. Le fait reste là, impénétrable comme un œuf, incompréhensible comme un mystère. Le grand mystère de ma vie, si on excepte Duplessis, la lune, Florence et ses trois filles et toutes les choses improbables, sans doute inexistantes, que j'ai vécues ou dont j'ai été témoin. Un vrai mystère, celui-là, pas une fabulation. Mais le reste non plus n'est pas une fabulation. Tout a existé. Tout est vrai. C'est les autres qui sont fous, c'est ce que je me suis dit toute ma vie et j'avais raison. En tout cas, je dois le croire. Sinon, à quoi j'aurai servi ?

Je me souviens très bien du premier matin où on m'a laissé sortir dans le jardin de l'hôpital. J'avais été alité de longues semaines, on m'a dit que j'avais déliré, que j'avais menacé de mettre le feu à mon lit, qu'on m'avait nourri à la petite cuiller et tenu dans des couches comme un bébé. Est-ce la raison pour laquelle on m'a si mal traité par la suite? Sans doute pas. Parce qu'en fin de compte je n'ai pas été plus maltraité que les autres. Nous étions tous des déchets de la société pour le personnel de l'hôpital de Nominingue, des insultes au visage de Dieu – on nous l'a assez répété – et, tous, nous avons été également tourmentés.

Je me rappelle mon étonnement devant tant de beauté et cette angoisse qui allait me serrer le cœur pendant des années, avant que je m'y habitue, à la vue des montagnes si proches qui enserraient l'hôpital, qui l'étouffaient, qui risquaient à tout moment de l'enterrer sous des tonnes de roches éboulées et de bois fendu, cassé, les arbres plantés dans les fenêtres, le toit défoncé par un roc gros comme une maison. C'était splendide, mais j'ai tout de suite compris que c'était aussi dangereux. En tout cas pour moi. Parce que ce n'était pas ma place. Ma place était loin vers le sud, dans une grande ville qui sentait la fumée de charbon et le tuyau d'échappement, au milieu du clang-clang des tramways et des cris des mères qui appellent leurs enfants pour le souper. Avec ma sœur Thérèse qui m'agonit d'injures et mes amis qui pensent, non, qui savent que je suis différent d'eux. J'étais un élément perturbateur, une anomalie, dans un monde d'une beauté et d'une perfection que seule la présence de cet hôpital de fous dérangeait. Ça sentait si bon que j'en aurais pleuré. C'était si beau que je me serais mis à genoux d'adoration et de frayeur, comme on m'avait obligé toute ma vie à le faire devant un dieu invisible, donc impalpable et probablement inexistant. J'ai su en les voyant que ces montagnes, pourtant splendides, étaient ma prison encore plus que l'hôpital.

Et c'est là, au milieu des glaïeuls et des roses trémières, dans un jardin aussi poncé que l'intérieur de l'hôpital, que j'ai fait la première de ce qui allait devenir une longue série de crises d'épilepsie dans les Laurentides, plus violentes et plus dangereuses que celles que j'avais faites jusque-là à Montréal. À Montréal, je savais que ma mère, ou bien ma grand-mère, ou bien ma tante Nana m'attendrait au bout du tunnel et que je serais choyé, dorloté, lorsque je m'éveillerais. À Nominingue, à l'hôpital de Nominingue… Il n'y a rien de plus froid au monde que le regard d'un religieux quand on sort d'une crise d'épilepsie.

Ma première bouffée d'air frais a donc failli me tuer.

Pour dompter cette peur des montagnes, je suppose, et pour me prouver que je pouvais les affronter sans plus jamais faire de crise, j'ai pris l'habitude, chaque après-midi au début de mon séjour, d'aller m'asseoir sur l'immense galerie qui courait le long de la façade de l'hôpital et de les regarder, je dirais les toiser, ou les défier, en me berçant sur une des six chaises très populaires le soir, mais qui restaient la plupart du temps vides pendant le jour. Je croisais les bras sur ma poitrine, une habitude de famille quand on est mal à l'aise, et je bougeais la tête de gauche à droite, de droite à gauche, parfois en m'adressant directement à elles, parfois en me parlant à moi-même. Je les invectivais, je m'invectivais. Je leur disais qu'elles ne me faisaient pas peur – ce fut faux pendant longtemps –, je me disais, pour essayer de déstabiliser ma frayeur, que c'était comme si le mont Royal avait fait des petits, beaucoup, et qu'ils s'étaient tous réunis autour de moi pour me protéger. Bien sûr, je savais que rien ni personne ne pouvait me protéger si loin du seul lieu et des seuls gens que j'avais jamais connus, que j'étais désormais irrémédiablement seul et qu'essayer de me faire des amies de ces montagnes étouffantes était illusoire. Je me doutais même de la vraie raison de cette habitude à laquelle je m'astreignais : me concentrer sur cette peur, à l'extérieur de l'hôpital, pour oublier ce qui se passait à l'intérieur. Ma vraie peur.

J'avais vingt-trois ans, j'étais costaud, je pouvais me défendre, les frères qui nous gardaient ne représentaient donc aucun danger pour moi, en tout cas physiquement, mais j'étais chaque jour témoin de tellement d'horreurs – des petites horreurs à répétition faites d'humiliations, de punitions injustes, de règlements maniaques et de manque total de respect pour l'être humain – que je m'étais mis à craindre ce qui pourrait m'arriver plutôt que ce que je vivais réellement.

Parce qu'on m'a laissé tranquille un bon moment après mon arrivée – il faut dire que j'ai longtemps été en état de crise, tétanisé par la frayeur et l'incompréhension de ce qui me tombait dessus –, j'étais terrorisé à la pensée de ce qui se passerait quand on déciderait de me traiter comme tout le monde plutôt que comme un petit nouveau qu'il faut amadouer.

Je me rends compte que je vais trop vite dans mon récit. Que j'en passe des bouts. Que ce que je raconte est loin d'être clair. Mais j'y vais au fil de la pensée, comme les souvenirs se présentent à mon esprit. Je suppose que j'ai plus besoin de jeter sur le papier ces souvenirs en vrac que de faire un récit chronologique et détaillé de ce qui s'est passé. C'est comme ça que mon esprit est fait, ce serait une erreur que d'essayer de le dompter.

Et après tout, j'écris ce journal pour moi. Personne d'autre ne le lira jamais. Je saurai donc toujours où j'en suis, quelle période de ces cinquante ans je décris et pourquoi. Et si je mélange tout, ce qui est vrai et ce que j'ai imaginé, ce n'est pas grave, c'est juste un trop-plein que je déverse sur le papier pour m'en débarrasser.

Serais-je en train de comprendre – déjà – à quoi peut servir un journal personnel alors que je décrétais il y a à peine quelques jours que c'était inutile ?

Je m'arrête là. Je suis fatigué. Et l'envie vient de me prendre de faire une aquarelle. C'est plutôt agréable de passer de l'un à l'autre, comme ça, l'écriture puis l'aquarelle, l'aquarelle puis l'écriture… Si on me disait que ce sera toujours comme ça, à l'avenir, je dirais que c'est une bonne nouvelle.

À la suite de ce que j'avais écrit hier je croyais que l'aquarelle qui en résulterait serait sombre et tourmentée. Je me suis installé à ma table de travail en lorgnant une fois de plus le noir et même la sépia que j'utilise souvent quand je n'arrive pas à me brancher sur une couleur en particulier. Le docteur Bazin et madame Dieudonné qui vend mes tableaux dans sa petite galerie d'art fréquentée uniquement par les touristes de passage prétendent que mes sépias sont parmi mes plus belles aquarelles, alors que moi je les considère comme des pis-aller, des exercices que je m'impose quand je sens le besoin de travailler et que je ne sais pas quoi faire. Madame Dieudonné – que je n'arrive pas à appeler par son prénom, Colette, même si elle me le demande depuis des années et qu'elle est beaucoup plus jeune que moi – me conseille d'ailleurs souvent d'en produire plus parce qu'elles se vendent bien, mais je résiste, je ne veux pas, à mon âge, m'imposer des choses que je n'ai pas envie de faire. Je ne peins pas pour vendre, même si l'argent est toujours le bienvenu, mais pour éviter de retourner là où je ne veux plus jamais aller. Ça me permet de me concentrer sur autre chose que les démons qui m'habitent malgré les médicaments. Ou à cause d'eux. On se paye les thérapies qu'on peut…

C'est ce que m'avait dit le docteur Loiselle le jour où il m'avait offert le petit coffret de pastilles Caran d'Ache accompagné de son minuscule pinceau et ma première tablette de feuilles vierges. J'étais donc persuadé, hier, de jeter une fois de plus sur le papier toutes les angoisses que j'avais ressenties en arrivant à Nominingue, un sujet que j'ai traité en milliers de ciels torturés depuis tant d'années. Du difficile à peindre parce que trop tourmenté. Après tout, je venais de passer des heures à y penser. C'est faux. Je me suis plutôt lancé, allez savoir pourquoi, dans des couleurs pastel, un rose tirant sur le pêche et un bleu très pâle pour le ciel, un après-coucher de soleil d'une grande douceur, presque serein, mes verts les plus tendres pour le sommet de la montagne, sans bruns pour les arbres morts ni de jaunes annonciateurs d'automne.

Je viens d'écrire que je ne sais pas pourquoi alors que c'est faux. En achevant le tableau, juste avant le souper, j'ai vu que j'avais mis sur le papier non pas les tourments qui m'avaient agité, mais le coucher de soleil auquel j'avais assisté ce premier jour où on m'avait laissé sortir de l'hôpital pour que je me familiarise avec mon nouvel environnement. Ou – ils en étaient capables, les sadiques – pour me terroriser devant l'inéluctable : prisonnier des montagnes, peut-être à tout jamais. Autant la présence suffocante des montagnes m'avait angoissé, autant, en levant la tête, j'avais ce soir-là trouvé un refuge dans l'immensité du ciel qui les surplombait. Dans les incroyables couleurs qu'il déversait sur elles. Des coulisses de jaune sous les nuages, suivies d'un rose délavé qui s'éteignait sous nos yeux sans qu'on s'en aperçoive. Une seconde il était là, l'instant suivant ne restait de lui aucune trace parce que le bleu de la nuit l'avait remplacé. La nuit n'était pas venue, c'est le ciel de jour qui s'était effacé. Au bout de la terreur, il y avait donc... quoi, de l'espoir ? Non, mais une sorte de soulagement. Un refuge, là-haut, qui n'était pas celui du Bon Dieu dont on m'avait tant rebattu les oreilles, mais de la nature dans ce qu'elle a de plus spectaculaire. C'est cet instant où tout s'éteint que j'avais fixé sur la feuille. C'était un ciel qui s'efface pour faire place à autre chose.

Le ciel, justement, me fait penser à une question que je me suis posée des milliers de fois depuis que je peins : pourquoi est-il le seul sujet que je traite depuis tant d'années ? Avec deux seules variantes : la mer, tout en bas, que je n'ai jamais vue, et la montagne, présente à ma vue à toute heure du jour ? L'inconnu et le trop connu ?

Quand j'étais enfant, il y avait un peintre, au magasin L. N. Messier, le seul grand magasin du Plateau-Mont-Royal, qui peignait sur place, de neuf à cinq, six jours par semaine. Ma tante Nana m'avait expliqué qu'il était là depuis des années et qu'il y serait sans doute jusqu'à sa mort, que ses tableaux se vendaient comme des petits pains chauds et qu'il avait fasciné mon oncle Édouard, qui vendait des chaussures à côté, chez Giroux et Deslauriers, autant que moi. On l'avait installé à droite de l'entrée dans une espèce de petit atelier et il refaisait sans cesse le même tableau : une clairière avec un chicot de tronc d'arbre au milieu sur lequel était perché un oiseau. La même clairière, le même tronc d'arbre, le même oiseau. Les seules différences étaient les couleurs qui changeaient au fil des saisons. Il installait les œuvres à vendre sur des chevalets, il était donc entouré de dizaines de copies de celle qu'il était en train de faire. J'étais fasciné.

Quand j'entrais au magasin, en compagnie de ma mère ou de ma tante Nana, je les tirais invariablement vers l'atelier du vieux monsieur à la pipe. C'est comme ça que je l'appelais parce qu'il l'avait toujours à la bouche et que ça sentait trop fort la vanille autour de lui. Elles réagissaient de façon différente : ma mère rechignait parce qu'elle le trouvait fou et que nous perdions notre temps, prétendait-elle, à le regarder travailler. Un jour, elle avait dit : « Y a probablement pas un seul logement sur le Plateau-Mont-Royal où c'te tableau-là est pas accroché. Ben pas chez nous. Y vont me passer sur le corps avant que j'installe ça dans mon salon ! J'en ai en masse assez que tu m'obliges à les regarder quand on vient ici ! » Ma tante Nana, elle, disait des fois qu'elle aurait aimé ça en avoir trois, trois pareils pas pareils placés l'un à côté de l'autre. « J'les accrocherais dans notre chambre à coucher. Ce serait la première chose que je verrais en me réveillant. J'trouve que ça nous ressemble : toujours la même chose, juste des détails qui changent. »

Une fois j'étais resté trop longtemps devant les tableaux et, est-ce la répétition de la même image qui avait produit en moi un effet de stroboscope, je ne l'ai jamais su, j'avais fait une crise d'épilepsie en plein magasin L. N. Messier. Courte, pas trop forte, mais impressionnante pour ceux qui n'y étaient pas habitués. Une bonne chance que j'étais avec ma tante Nana qui avait tout géré avec une grande délicatesse, rassurant tout le monde et m'accompagnant dans ma crise avec des bons mots. J'écris ça et j'ai les larmes aux yeux. Quel poids j'ai dû être pendant mon enfance pour mon entourage !

Est-ce que je refais à mon tour le même parcours que le vieux monsieur à la pipe ? Et lui, était-il comme moi ? Aurait-il dû être enfermé ici lui aussi ? Avait-il eu la chance de ne pas avoir une mère comme la mienne qui, au lieu de le placer dans une maison de fous, de l'éloigner d'elle comme une sans-cœur, aurait eu la générosité de le garder avec elle, de lui trouver un travail, de le caser de façon à ce qu'il ne nuise à personne parce que son attention était fixée sur un tableau toujours recommencé puisque jamais vraiment terminé ? Je viens de rayer ma dernière phrase. Il y a longtemps que je n'ai pas eu de pensées négatives au sujet de ma mère. Je croyais que c'était fini. C'est peut-être son apparition, l'autre jour, et son refus de me regarder pendant ma crise… Je pensais pourtant avoir décidé une fois pour toutes que j'aimais ma mère, que je la vénérais et que je ne lui en voulais plus.

Mais tout ça m'éloigne de mes ciels.

J'ai essayé, au début, de faire autre chose. Des forêts touffues, des clairières, moi aussi, avec un oiseau, moi aussi, et un chicot de tronc d'arbre, des personnages hiératiques, raides ou, au contraire, plus grands – ou gros – que nature, des caricatures que j'aurais voulues amusantes et qui ne s'avéraient, en fin de compte, qu'inquiétantes. Et je revenais à mon ciel, à mon coup de pinceau arrondi pour donner l'illusion de mouvement même dans un ciel calme, à mes couleurs que je choisissais selon mon humeur : un ciel orageux quand j'étais enragé ou après une crise, un ciel serein quand je ne l'étais pas mais que je pouvais entrevoir la possibilité de l'être.

Rien, cependant, dans ce que je viens d'écrire, ne me dit pourquoi.

Un confort répété ? Un refuge connu où je me sens en parfaite sécurité ? Un geste sans cesse recommencé parce que sa répétition me fait du bien? Tout ça? Rien de tout ça?

Je me rends compte que je mets bien des points d'interrogation et que je ne trouve pas beaucoup de réponses.

Pour ce qui est de mes ciels, je devrais peut-être continuer, sans, justement, me poser de questions. Après tout, la raison pour laquelle je fais ça n'a rien à voir avec le plaisir que j'y prends. J'ai la tête vide quand je peins, peu importe pourquoi je le fais.

J'avais quelques dizaines d'aquarelles à livrer à la galerie de madame Dieudonné qui se charge de les faire encadrer avant de les vendre. Je suis donc sorti de chez moi pour la premièrc fois depuis une semaine. J'habite, juste à l'entrée du village, la petite maison que m'a léguée le docteur Loiselle en mourant. Ce qu'il appelait sa maison de campagne alors qu'elle est située à peine à un mile de la vaste demeure, en plein centre du village, où il tenait son cabinet. Sinon, où serais-je aujourd'hui ? Qu'est-ce que je serais devenu ? Un errant, un sans-abri, un de ces pauvres hères qui ont été poussés à quitter le Nord pour se réfugier à Montréal, ville de tous les possibles, leur disait-on, et qui n'y ont trouvé que la solitude, le froid, l'incompréhension et même parfois la haine, parce qu'on a fini par fermer l'hôpital de Nominingue, il y a trente ans, avant d'en faire des condos de luxe ? Serais-je mort depuis longtemps ? De faim et de froid ? En tout cas, je n'aurais sans doute pas survécu jusqu'à l'âge de soixante-seize ans !

Je suis passé devant le grand bâtiment de pierre comme chaque fois que je dois me rendre au village et je n'ai pas pu m'empêcher de penser aux gens qui habitent maintenant les lieux où tant de cris de désespoir se sont fait entendre pendant si longtemps.

Le savent-ils ? Ou ont-ils choisi de l'ignorer, de l'oublier ? Le grand dortoir des hommes, avec ses odeurs de corps pas souvent lavés, est-il devenu une salle de jeu, un salon de lecture, un gym ? L'immense pièce suffocante en été et insuffisamment chauffée l'hiver est-elle remplie d'instruments de torture que les riches s'imposent pour rester en forme ? Dans un air aseptisé par la climatisation ? On souffre mais on n'a pas trop chaud ? Il m'arrive d'avoir envie d'aller sonner – peut-être qu'on n'a pas à sonner, que chacun a sa clé – et de demander à visiter les lieux. Juste pour voir. L'argent qu'on a dépensé pour transformer un lieu qui avait toujours été tenu dans une honteuse pauvreté parce qu'il abritait des têtes malades dont on voulait cacher l'existence, les efforts qu'on a déployés pour essayer d'effacer toute trace de malheur. Mais est-ce que les traces du malheur ça s'efface ? Est-ce que les habitants sont sourds, par choix, aux plaintes et aux cris que lancent les fantômes qui parcourent les corridors de l'ancien hôpital ? En longeant la grille neuve qu'on dit électrifiée, la nuit, pour empêcher toute intrusion, je me suis surpris à leur souhaiter de mal dormir. Et à me promettre de ne pas le regretter.

La Galerie du Nord est un ancien magasin de bonbons qui a gardé – c'est moi qui le dis, il ne faut pas croire tout ce que j'écris, mes sens me trompent souvent – comme une vieille odeur de sucré qui flotte autour des tableaux, pas tous des chefs-d'œuvre, et qui leur enlève, c'est du moins mon avis, toute prétention à quelque valeur que ce soit. Un nu qui sent le bonbon ou un pont rustique qui traverse un improbable ruisseau, ça ne fait pas sérieux. Je trouve assez amusant, par contre, que mes ciels à moi sentent le sucré, qu'ils s'adressent à deux sens en même temps.

Même si le bord de la mer, du moins je l'imagine, doit souvent puer le varech et que les Laurentides, je suis bien placé pour le savoir, fleurent toujours bon la résine des conifères. Il y en avait justement deux dans la vitrine de la galerie. Deux des plus beaux que j'ai produits cet été. De grandes surfaces qui donnaient envie de s'y noyer tant les ciels, presque jumeaux, étaient invitants. Le prix suggéré était prohibitif, mais madame Dieudonné est ouverte aux négociations et me répète souvent que plus on vise haut, plus les clients pensent que c'est de la bonne peinture.

Elle était seule dans la galerie, installée à son bureau, une table moderne, en verre, sur lequel trône à perpétuité un petit ordinateur d'une grande puissance, semble-t-il, et auquel, comme elle le dit souvent, elle a confié toute sa vie.

Noire, de peau et de cheveux, élancée, la belle quarantaine, Colette Dieudonné est la coqueluche du Gobelet d'Or, le bar à la mode de Nominingue, une espèce de Cage aux Sports, où elle passe une bonne partie de ses loisirs devant des parties de baseball, de football, de hockey et des doubles Négroni. Elle crie avec tout le monde en direction de l'écran géant, possède un vocabulaire coloré qu'elle n'utilise que là, je me suis laissé dire qu'elle mise gros et est très généreuse en tournées générales quand elle gagne. On ne lui connaît pas de liaison – d'aucuns prétendent qu'elle a quelqu'un quelque part dans la Gatineau, ce qui expliquerait ses disparitions soudaines et parfois prolongées.

Elle a levé les yeux en entendant la porte s'ouvrir, a enlevé ses lunettes comme toutes les femmes coquettes et a souri.

« *Long time no see*, monsieur Marcel ! Ça me fait plaisir, j'ai justement une belle enveloppe brune pour vous… »

Depuis le scandale des commandites, c'est devenu une plaisanterie entre nous. Parce qu'elle me paie cash. Pour la bonne raison que je n'ai pas le droit de travailler. Pour toucher ma pension d'invalide, une pitance avec laquelle je ne pourrais même pas survivre si je n'avais pas ce *sideline* et si je n'habitais pas la maison d'un mort qui continue à la gérer d'outre-tombe… Tout se paie automatiquement et à la banque on me dit de ne pas m'inquiéter quand me prend une frayeur au sujet de mon avenir.

« Ça fait combien de temps que je vous demande de pas m'appeler monsieur Marcel, madame Dieudonné ?

— Ça fait combien de temps je vous dis que j'vas arrêter quand vous allez m'appeler Colette, monsieur Marcel ? »

Depuis près de trente ans, en fait depuis que j'ai l'âge qu'on me donne sérieusement du « monsieur », je ne peux pas entendre ce mot devant mon prénom sans penser au monsieur Émile du *Matou* d'Yves Beauchemin. Surtout à Guillaume Lemay-Thivierge qui a joué le rôle du petit garçon déluré dans la version pour la télévision. Je n'ai tellement jamais ressemblé à ce personnage que ça m'énerve encore aujourd'hui de penser à lui chaque fois qu'on m'appelle monsieur Marcel. C'est un des nombreux automatismes dont je n'ai jamais réussi à me débarrasser. Je l'ai expliqué mille fois, sans résultat. Ceux qui m'appelaient monsieur Marcel continuent à m'appeler monsieur Marcel avec, en plus, un petit rictus au coin des lèvres parce qu'ils savent que ça m'énerve.

« Vous savez que j'y arrive pas, madame Dieudonné. Parce que vous m'impressionnez.

— Même chose ici. Monsieur Marcel.

— Menteuse !

— Menteur. »

Comme d'habitude, nous avons ri.

Ce petit rituel est comme le début obligé de toutes nos conversations. Si je l'appelais Colette et si elle m'appelait Marcel, on s'en ennuierait sans aucun doute.

Ses yeux, deux charbons ardents, sont toujours veinés de rouge. Au début, quand elle m'a approché après avoir entendu parler de mes aquarelles, je croyais que c'était parce qu'elle pleurait souvent. Ou qu'elle se droguait. Maintenant je sais que c'est un état permanent et j'arrive à en faire abstraction. Colette Dieudonné est sans conteste la plus belle femme de Nominingue et elle porte sa beauté sans ostentation, avec une grande simplicité. Elle rit des compliments qui lui sont faits, les chasse de la main comme des mouches embêtantes en souriant gentiment. Elle a adopté comme un parfum de l'accent haïtien de ses parents – elle est née au Québec –, pour le reste c'est du beau gros québécois. Il lui arrive même de rouler les r, comme à Montréal, pour faire rire la galerie. Elle dit qu'elle pourrait être la première Noire à jouer dans les pièces de mon cousin. Mais de lui je refuse de parler. En tout cas pour le moment. Non, je refuse d'en parler, point.

« Vous avez vu la vitrine ?

— Oui. Merci.

— J'ai déjà reçu trois offres.

— Intéressantes ?

— Pas assez.

« — Pas encore du docteur Bazin, j'espère.

— Non. Il était tenté, mais je lui ai dit de laisser la chance à d'autres…

— Je me demande ce qu'y peut leur trouver.

— Vous dites toujours ça. Sont belles, monsieur Marcel.

— Oui. Pis y me font vivre.

— Ça me fait penser… Attendez un peu. »

Elle s'est dirigée vers l'arrière-boutique où, elle venait de me le dire, m'attendait une enveloppe dodue. Et brune.

J'ai profité de son absence pour jeter un coup d'œil sur ce qui était accroché aux murs.

Je n'ai jamais beaucoup aimé les paysages. C'est d'autant plus étonnant que j'en ponds moi-même depuis des décennies. Mais les miens ont au moins la qualité de ne pas prétendre au réalisme. Alors que ce qui m'entourait… Chaque fois que je mets les pieds à la Galerie du Nord, je pense au peintre du magasin L. N. Messier. Parce que je retrouve la même naïveté, la même application, le même trait précis pour essayer de reconstituer tous les détails, le frémissement de l'eau, les nervures du bois, le velouté des ailes d'oiseau, l'arrondi des nuages – plus ou moins réussis, la plupart du temps moins –, alors qu'il me semble qu'on n'en a pas besoin, que la suggestion suffit, que la ressemblance avec un sujet quelconque n'a aucune espèce d'importance parce que ce qui compte, c'est l'impression qu'on veut donner, le message qu'on envoie à lire à l'œil du spectateur. Et, oui, je reviens toujours aux impressionnistes, les seuls paysagistes que je peux souffrir, à qui je voue une admiration sans bornes. Je donnerais tout ce que j'ai peint dans ma vie pour produire un Monet ou un

Van Gogh. Ou un ciel nocturne de Turner (Turner a été un grand impressionniste, du moins dans ses ciels torturés, un siècle avant que les vrais apparaissent). Mon oncle Josaphat disait souvent qu'on ne devrait jamais envier les génies parce qu'aucun d'entre eux n'a été heureux. Des fois je me dis qu'avec ce que j'ai vécu, j'aurais peut-être mérité d'en être un…

Des fois, ma prétention me fait rougir. Je suis peut-être rouge, en ce moment, en écrivant ces mots…

« Vous haïssez toujours tout ce que j'accroche à mes murs ? »

Je ne l'avais pas entendue revenir. Elle me tendait une enveloppe assez épaisse, avec son petit sourire habituel, de connivence teintée d'ironie. J'ai tout de suite su que les semaines à venir seraient ornées de côtelettes d'agneau et de belles tranches de veau rosé, mes aliments favoris et que je n'ai pas toujours les moyens de me payer.

« C'est pas que j'haïs ça… C'est bien fait. C'est propre. C'est appliqué. J'vous l'ai déjà dit : je sais juste pas pourquoi ça existe. Pourquoi on se donne la peine de faire ça.

— Beaucoup de gens pensent la même chose de vous…

— Ceux qui ont peint ça ?

— Pas nécessairement.

— Des clients ?

— Oui.

— Qui cherchent du réalisme ?

— Qui cherchent du réalisme. Qui leur donne l'impression qu'ils sont sur place, dans le paysage, parce que ça leur rappelle quelque chose qu'ils ont déjà vu.

— Y devraient se contenter d'acheter des photos. Ou de s'en faire. Un beau selfie devant le lac Louise, ou les chutes du Niagara, agrandi et accroché à un mur, ça serait beau, non?»

Elle rit.

«Il doit y en avoir des millions…

— Ben oui, des visages hilares devant des chefs-d'œuvre…

— Vous avez toujours les selfies en grippe, monsieur Marcel? Ça vous passe pas?

— Quand je vois un touriste se photographier, hilare ou grimaçant, avec son téléphone au bout de sa perche au lieu de regarder ce qui l'entoure, j'ai envie de hurler. T'es venu voir les Laurentides, bonyeu, t'es pas venu te photographier devant! Qu'est-ce qu'y font? Y regardent leur voyage en revenant chez eux? Moi devant la tour Eiffel, moi devant la *Joconde*, moi devant la dernière pissotière de la ville de Paris? Mais je radote, comme d'habitude, je répète toujours les mêmes affaires, excusez-moi, j'vas aller faire mon épicerie, ça va me changer les idées… Savez-vous quoi, madame Dieudonné? Des fois j'aurais envie d'arrêter de prendre mes médicaments. De sauter volontairement d'un monde que je trouve ridicule à un autre qui me rend malade, qui me rend fou, mais qui a la grande qualité de me faire vivre des choses que personne d'autre que moi peut imaginer.»

Je suis sorti de la galerie après avoir embrassé madame Dieudonné, que j'avais sans doute inquiétée avec mes propos et qui allait peut-être se jeter sur son téléphone pour avertir le docteur Bazin, et lui avoir promis d'autres grandes surfaces. Vite faites, à grands traits, qui ne ressemblent à rien de précis et qu'on peut interpréter comme on veut.

Le soleil avait disparu, un orage s'annonçait, J'ai couru en direction du supermarché. Juste en face, une touriste se photographiait devant les nuages noirs. Espérait-elle une tornade ? Moi, devant une tornade ?

« Marcel ! J'allais justement t'appeler ! J'ai reçu des rognons de veau ! J'les ai fait dégorger dans le lait, y sont prêts à sauter dans ta poêle ! Veux-tu un petit oignon blanc, avec ça ? J'en ai vu arriver une batch tout à l'heure. Attends une minute, j'vas aller t'en chercher dans le département des légumes...

— Non, non, laisse faire, j'vas y aller. J'ai toutes sortes d'affaires à acheter de toute façon... »

Jean-Claude Dupuis est le seul ancien patient, avec moi, à s'en être sorti, le seul autre *success story* de la débandade, depuis la fermeture de l'hôpital de Nominingue. Sans être des amis, on s'est souvent croisés pendant nos années de... – le docteur Bazin m'a dit de ne plus utiliser le mot détention qui est trop négatif, mais je continue quand même ; ce n'était pas un séjour ni une sinécure, c'était bel et bien une détention, avec tout ce que ça peut signifier – de détention, donc. On a choisi tous les deux de rester ici après la fermeture, attendue mais tout de même soudaine, lui parce qu'il n'avait nulle part où aller et qu'il ne voulait pas finir itinérant dans un parc de Montréal ou d'Ottawa, moi parce que j'avais la grande chance d'avoir les Loiselle qui s'étaient offerts à prendre soin de moi. Et que je pouvais toujours, le cas échéant, me réfugier chez les Gariépy, les fermiers chez qui j'avais travaillé de si nombreuses années – sans paye, juste nourri et logé – quand j'étais jeune et qu'on m'avait jugé assez digne de confiance pour me laisser sortir pendant de longues périodes de temps. On a le même docteur, Jean-Claude et moi, on est sans aucun doute sur les mêmes médicaments, et s'ils ont d'abord été méfiants à notre égard, les habitants du village ont fini par s'habituer à notre présence, surtout à ne pas avoir peur de nous. Au début, on avait l'impression d'être des Bonhommes Sept Heures ambulants, les enfants se sauvaient en courant quand ils nous voyaient arriver, les adultes fronçaient les sourcils en nous croisant dans la rue, quelques-uns nous criaient même des noms, des choses aussi subtiles que «les grands p'tits pas fins» ou «les malades dans la tête» ou même «les échappés de l'asile». Les enfants ont grandi depuis longtemps et ne se préoccupent plus de nous, les plus vieux sont morts. Et il ne reste peut-être plus que Jean-Claude et moi pour nous rappeler cette période maudite. Et le docteur Bazin, bien sûr, à qui j'en parle d'abondance. Aujourd'hui, Jean-Claude est le boucher le plus populaire de Nominingue – il faut dire qu'il n'y en a que deux – et moi… Moi, je peins des aquarelles qui se vendent bien et je passe la moitié de ma vie devant des séries de télévision sur Netflix. Et on me laisse en paix. On m'a depuis longtemps décrété doux comme un agneau. Je le suis, sauf quand me prend une crise comme celle de l'autre jour, mais cette agressivité-là, seul le personnel de l'hôpital en connaît l'existence.

Jean-Claude me téléphone quand il réussit à mettre la main sur des rognons de veau parce qu'il sait que je les aime. Je suis d'ailleurs le seul client du supermarché à en être friand, les autres prétendent que ça goûte le pipi et détestent leur texture, ce petit côté croquant que je trouve, moi, si intéressant. Quand j'étais petit, à l'époque où nous habitions la rue Fabre, les trois femmes de la maison – ma mère, ma tante Nana et ma grand-mère – achetaient des rognons de porc parce que ça ne coûtait presque rien et qu'elles pouvaient nourrir douze personnes en ne dépensant que quelques sous. J'étais le seul avec ma mère à vraiment les apprécier – même si c'est vrai que les rognons de porc, contrairement aux rognons de veau, goûtent un peu le pipi – et elle m'en servait toujours plus qu'aux autres qui faisaient semblant de ne pas s'en apercevoir parce qu'ils avaient déjà assez de difficulté comme ça à terminer leur assiette sans se plaindre en plus qu'ils n'en avaient pas assez. Je me souviens même en avoir donné à Duplessis, aussi gourmand que moi. Maman prétendait qu'ils pourrissaient dans l'assiette que j'avais laissée sur le balcon d'en avant, mais je savais que c'était faux, que Duplessis les mangeait en ronronnant.

Quand j'en avais parlé à madame Loiselle, à ma sortie de l'hôpital, elle m'avait montré comment les apprêter sans toutefois y toucher parce qu'ils la dégoûtaient. Et, avec la complicité de Jean-Claude, j'en fais sauter le plus souvent possible dans la vieille poêle en fonte de la famille Loiselle qui doit bien avoir cent ans. Avec des oignons. Et accompagnés de petits pois en boîte.

Quand je suis sorti du supermarché, l'orage battait son plein. C'était très spectaculaire. Des papiers volaient partout, les parapluies se retournaient, les gens essayaient de courir en se battant contre le vent. J'ai voulu appeler un taxi même si j'habite tout près, mais une bonne âme, en l'occurrence Colette Dieudonné elle-même, qui passait en voiture, m'a offert un lift.

Pour la remercier – c'est sorti tout seul, je ne sais pas pourquoi, je n'invite pourtant jamais personne chez moi –, je lui ai offert de partager mes rognons de veau. Elle a ouvert de grands yeux et m'a dit en riant :

« Des rognons de veau ! J'en ai pas mangé depuis des années ! Ma mère en faisait quand j'étais petite ! J'ai une recette haïtienne écœurante ! Voulez-vous l'essayer ? On va passer chez nous chercher les ingrédients dont j'ai besoin. Parce que chus pas mal sûre que vous en avez pas dans votre boîte à épices… »

Mais qu'est-ce que j'ai à raconter des anecdotes ? Ma visite à la galerie d'art, les rognons de veau, l'orage ! Ce n'est pas à ça que doit servir un journal personnel, il me semble ! On doit y mettre nos peurs, nos hantises, on doit s'arracher la peau du cœur en confidences, en confessions qu'on ne pourrait faire ailleurs. Je devrais parler de la crainte que j'avais, dans la voiture de madame Dieudonné, de retrouver ma mère et Duplessis dans le salon, le regard accusateur de ma mère, la fausse indifférence de Duplessis qui, je le sais, est revenu pour m'espionner. Le feu, surtout, le feu dans les cheveux de ma mère qui ne s'est jamais éteint depuis plus de cinquante ans ! Les verres fumés que je garde toujours sur moi, au cas où. Au cas où j'en aurais besoin, où mes phobies me reprendraient, au cas où j'aurais à disparaître pour survivre parce que ceux qui m'en veulent – le docteur Bazin a tort, ils existent, ils m'épient malgré les médicaments, je le sais parce que je les vois – ne me laissent jamais en paix longtemps !

J'ai prétexté une soudaine migraine, je me suis excusé auprès de madame Dieudonné, je l'ai invitée pour une autre fois, une autre fois où j'aurais des rognons, et je suis sorti de sa voiture presque en courant. Elle ne s'en est pas formalisée, je crois qu'elle a vu que je n'étais pas dans mon état normal. Elle sait que mes changements d'humeur peuvent être subits, parfois même impressionnants. Elle m'a dit au revoir et je crois qu'elle a attendu que je sois entré dans la maison avant de partir.

J'ai traversé le petit jardin en serrant mon sac de provisions contre ma poitrine, j'ai grimpé les marches lentement, en laissant l'eau de la pluie couler dans mon cou. Avant de pousser la porte – personne ne verrouille jamais sa porte à Nominingue, c'est inutile –, j'ai sorti mes verres fumés que je tiens dans la poche gauche de ma chemise. Si je devenais invisible, les démons qui m'attendaient dans la maison, quels qu'ils soient, ceux que j'avais imaginés dans la voiture ou d'autres, de ces inconnus qui n'apparaissent qu'une fois, qui viennent me terroriser une seule fois, comme pour s'amuser, ne me verraient peut-être pas. Comme je disparais aux yeux des êtres humains, je disparais aussi – les fantômes ont-ils des yeux pour voir ? – à ceux de mes visiteurs. Je deviens invisible pour tous et pour tout, je suis seul au monde dans mon monde et je peux faire ce que je veux, m'immiscer partout sans que rien ni personne le sache.

La maison était vide.

Personne ne flambait dans le salon, aucun démon ne ricanait derrière les fauteuils ou dans l'encadrement de la porte qui mène à la cuisine. Mais j'ai quand même attendu d'avoir fait le tour de la maison, avec mon paquet de provisions dans les bras, avant d'enlever mes verres fumés.

J'ai tout rangé, les rognons et le lait dans le frigidaire, le reste dans les armoires. Je jetais de temps en temps un regard furtif derrière moi. Mon cœur battait à tout rompre. J'avais l'impression d'avoir échappé à un grand danger. Il faut dire que personne n'est entré dans cette maison depuis tellement longtemps… L'intrusion d'une étrangère chez moi, même une amie, aurait peut-être…

Et c'est à ce moment-là que je me suis rappelé que je n'avais pas pris mes médicaments depuis quelques jours. Par choix. Pour voir. Pour voir ce qui allait arriver.

Cette fois, j'ai inversé les couleurs. Des verts et des bruns pour le ciel, des roses, des bleus et des jaunes pour la montagne. Je ne crois pas que ce soit beau, mais je ne peux pas prétendre non plus que je n'aime pas ça. Le moins qu'on puisse dire, c'est que c'est déstabilisant. On voit moins tout de suite ce que ça représente. Il faut faire l'inversion dans sa tête, remettre les couleurs à leur place, remonter les pastels des arbres et redescendre les teintes foncées du ciel. Ou peut-être pas. La prendre pour ce qu'elle est, l'illustration d'un monde connu aux couleurs interverties, je ne suis ni le premier ni le dernier à le faire.

Je suis curieux de voir ce que madame Dieudonné aura à en dire... M'en commandera-t-elle d'autres, me dira-t-elle plutôt de continuer dans ce que je fais d'habitude ? Elle ne s'ingère jamais directement dans ce que je peins ; je peux cependant interpréter ses enthousiasmes et ses réserves. Quand elle me dit juste « C'est formidable ! », sans rien ajouter, je sais que quelque chose cloche, que ça lui plaît moins et qu'elle ne veut pas me décourager en me critiquant. Le plus drôle c'est que la plupart du temps je suis d'accord avec elle. Je le sais quand j'ai moins bien travaillé, quand j'ai fait n'importe quoi, juste pour avoir des aquarelles à lui donner à ma prochaine visite à la galerie. Ou pour passer le temps. Ou, ce qui est encore pire, pour gagner ma vie, parce que la peur de manquer d'argent est au cœur de certaines de mes journées. J'ai de la chance, mon logement est assuré à vie, mais pas mon quotidien. Le docteur Loiselle m'a répété pendant des années de ne pas rester oisif, de m'occuper, de me trouver du travail quand je sortirais de l'hôpital, et malgré cet incroyable cadeau qu'il m'a fait de sa maison, il s'est arrangé pour m'obliger à gagner ma vie en ne me laissant que peu d'argent.

J'ai installé l'aquarelle nouvelle façon – pour le moment unique dans ma production – sur la table de la cuisine. Je l'ai appuyée contre le vase à fleurs dans lequel aucune fleur n'a jamais été disposée et je l'ai regardée pendant tout le temps que je mangeais.

Les rognons étaient d'ailleurs délicieux. Presque saignants, encore croquants. Je les avais fait sauter dans le beurre, comme ma mère, avec des oignons, sel, poivre, c'est tout. Pas de sauce moutarde qui déguise le goût, juste leur jus. Accompagnés de mes fameuses patates rôties au romarin et d'une boîte de petits pois Lesieur numéro 2, c'était un régal. J'étais presque soulagé que madame Dieudonné ne soit pas avec moi ; ses épices haïtiennes – aussi intéressantes soient-elles – auraient déréglé le goût de ma recette de rognons, j'en étais convaincu.

Je tergiverse encore une fois, je tourne autour du pot ou, plutôt, j'évite le maudit pot parce que je crains de ne pas pouvoir lui faire face. L'idée du danger que représente un sevrage de médicaments m'avait frôlé, plus tôt, mais je l'avais rejetée en me disant que j'avais été sage, sous contrôle trop longtemps, que j'avais envie, non, besoin, d'un peu de… pas de fantaisie, c'est tout sauf de la fantaisie, de quoi, alors ?

Qu'est-ce que je suis, qu'est-ce que je deviens quand je ne prends plus mes médicaments? Libre! J'avais besoin de liberté, c'est ça, de liberté! Dangereuse, piégée, parfois terrorisante parce qu'elle m'amène à faire et à dire des choses que je ne me permettrais pas autrement, que je sais condamnables aux yeux des autres, et punissables, mais qui me font tellement de bien! Je n'avais pas fait exprès d'arrêter de prendre mes pilules, ce n'avait pas été un choix conscient, mais là, devant mon assiette vide et mon aquarelle, allais-je décider de tout arrêter? Encore une fois? Alors que je savais ce qui m'attendait? Parce que des symptômes, déjà, étaient apparus – ma mère, Duplessis, ma crise d'épilepsie – et que je n'en avais ressenti aucun soulagement ni même quelque bien-être que ce soit?

Le repas terminé, la vaisselle faite, la cuisine bien rangée, je me suis installé devant la grande télévision au plasma qui trône au salon, une autre chose que je me suis payée grâce à mes aquarelles. Je suis ce que j'appelle un zombie de la pilule le jour et un zombie de la télévision le soir. Je passe mes soirées devant des séries qui me tirent de mon quotidien presque autant que mes aquarelles, qui me transportent dans des pays dont je ne sais rien – c'est parfois l'environnement dans lequel évoluent les personnages qui m'intéresse, encore plus que l'histoire qu'on me raconte, qui me fait rire ou pleurer –, je pleure facilement, surtout devant les malheurs des méchants de séries fantastiques, le monstre de Frankenstein qui m'a toujours touché, par exemple, parce qu'il n'est responsable de rien, ni de son état ni de ses agissements, ou les tueurs en série au terrible passé qui explique, sans toutefois justifier, leurs actions –, et que souvent j'aimerais ne jamais voir finir, comme un bon livre dont on étire la lecture des dernières pages parce qu'on ne veut pas se séparer des personnages auxquels on s'est attaché.

(Une autre phrase longue, emberlificotée, pleine de tirets. J'aurai au moins appris que je suis capable d'en pondre! J'ai vérifié: elle semble tenir debout.)

J'ai zappé un bout de temps entre RDI et LCN, question de me tenir au courant des dernières turpitudes de nos politiciens, à mon avis les êtres les plus méprisables de la création, qui se sont bâti une carrière en mentant et en prétendant qu'ils ne mentent pas. Ils passent leur temps à mentir, puis à le nier. En tout cas, c'est tout ce que je retiens d'eux du fond de mon salon de Nominingue où je reste souvent pétrifié devant leur arrogance. Rien d'autre. Les quelques fois que je me suis hasardé à en parler – en particulier à la taverne du village où je ne me rends que rarement parce que je n'ai pas le droit de boire –, je me suis fait répondre que je ne comprenais rien à la politique, alors je me tais. Ce qui ne m'empêche pas de penser ce que je pense… Gelé par les médicaments, mais pas assez pour ne pas lire dans leur petit jeu. Un jour, j'ai lu un article dans lequel on disait que si on voulait savoir si un politicien mentait, à la télévision, on n'avait qu'à couper le son, leur langage corporel se chargerait de nous le dire. Je l'ai fait. Souvent. Pas un n'a passé le test. Ils mentent tous. Tous. Même ceux pour qui je voterais si je votais.

Mais je m'égare encore. Sans doute pour retarder le moment de raconter ce qui s'est passé par la suite. Après tout, ce journal peut aussi servir de fourre-tout, non?

Comme chaque soir, donc, à peu près renseigné sur les scandales du jour – j'ai appris, entre autres choses, que certains paradis fiscaux seraient légaux; ça c'est scandaleux! –, j'ai fini par me réfugier sur Netflix. J'aime les séries qui s'étirent sur plusieurs saisons et j'en ai trouvé une qui contient déjà vingt et une saisons! Vingt et une! Treize films d'une heure et demie par saison! Alors je m'installe presque chaque soir devant une nouvelle enquête de l'inspecteur Barnaby, je regarde les magnifiques paysages de l'Oxfordshire sans toujours comprendre ce qui s'y passe parce que les histoires sont parfois très tarabiscotées – c'est bien la première fois de ma vie que j'utilise ce mot-là – et que les personnages, malgré les sous-titres, parlent vite et avec un accent trop prononcé pour que je les suive.

Le générique était à peine terminé, le premier meurtre commis – une belle jeune fille qui courait dans les bois poursuivie par quelqu'un dont on ne connaîtrait l'identité qu'une heure et demie plus tard –, lorsqu'ils sont arrivés. Comme si de rien n'était. Des visiteurs attendus. De la simple visite qui vient aux nouvelles. Ils sont entrés au salon, ont passé devant moi, bien sûr sans s'excuser, se sont assis, elle les jambes serrées et les bras posés sur les accoudoirs du fauteuil, lui pelotonné sur ses genoux, et ils ont fait comme s'ils regardaient le film avec moi. Ses cheveux à elle flambaient toujours; son poil à lui, cependant, avait retrouvé le velouté des chats sales que je lui avais toujours connu. Deux poids morts dont la seule menace, s'il y en avait une, était leur présence. Une menace passive mais combien pesante. On est là, endure-nous.

Alors je leur ai parlé. Pour la première fois depuis je ne savais plus combien de temps.

«Je le sais que vous êtes là parce que j'ai pas pris mes médicaments. Avant, je faisais pas le rapport, j'avais pas encore compris que les maudites pilules vous effaçaient de mon existence. Que c'était, comme me l'avait expliqué le docteur Loiselle, un de leurs principaux effets. Positifs. Il était persuadé que c'était positif. Effacer ce qu'il appelait mes visions et qui avaient pourtant toujours fait partie de mon quotidien. Et que je prenais pour un vrai monde, mon monde à moi tout seul… Qui avait été fait pour moi et moi pour lui. Mais tant qu'à être là, pourquoi vous me parlez pas? Pourquoi vous me contez pas où vous étiez, tout ce temps-là, où vous êtes allés, à qui vous avez fait peur, qui vous avez consolé? Vous êtes-vous contentés de rester dans ma tête, parce que vous m'appartenez juste à moi tout seul, vous êtes-vous cachés ben loin, à attendre que j'oublie ou que j'arrête de me médicamenter pour revenir me… Hanter est pas le bon mot. J'aime mieux visiter. Mais des visiteurs, ça parle! Ça parle à la personne que c'est venu visiter! Vous êtes pas là juste pour regarder la télévision, c'est pas vrai. Es-tu venue mettre le feu à la maison pour te venger, moman? Avec tes cheveux? Pour tout ce que je t'ai fait endurer? Sans le savoir parce que j'étais trop petit dans ma tête, même adulte, pour faire la différence entre ce qui était et ce qui était pas? Toi, Duplessis, es-tu venu me dire que tu regrettais de m'avoir enseigné tout ce que tu m'as enseigné? En particulier la survie. Si t'avais pas été là, je serais disparu depuis longtemps parce que j'étais sans défense devant tout. Es-tu venu me dire que tu regrettais que je sois encore là? Ça se peut pas. Je mérite pas que ma maison passe au feu ni que l'ignorance me tombe dessus comme si un chat tigré qui aimait mon odeur de pipi, quand j'étais petit, était jamais passé dans ma vie. Tout ce que je sais, je le tiens de toi, Duplessis, parce que les quatre madames m'avaient confié à toi pis que t'as été un maître exemplaire. S'il vous plaît, parlez-moi. Contentez-vous pas d'être là, *contactez*-moi! Chus prêt à vous écouter aussi longtemps que vous le voudrez. Ou que vous en aurez besoin. Avez-vous des besoins, vous autres aussi, vient-tu un moment où y faut que tout sorte, n'importe comment, comme une explosion, mais que ça sorte parce que c'est incontrôlable? Et intolérable? Avez-vous un seuil de tolérance, vous autres aussi? R'gardez-moi, parlez-moi, couvrez-moi d'injures, si vous voulez, insultez-moi, mais restez pas là, devant *Midsomer Murders,* comme si ça vous intéressait d'apprendre qui c'est qui a tué la pauvre fille à moitié déshabillée du début!»

Ils n'ont pas répondu, bien sûr. Étaient-ils insultés parce que je les avais tenus éloignés si longtemps? Ils se montraient à moi pour me narguer, mais ne feraient rien pour me consoler, comme ils avaient l'habitude de le faire? Quand je les recevais à bras ouverts. Quand je mettais mes verres fumés aussitôt que je les apercevais, à la cantine, dans la salle de récréation, dans les grands champs derrière l'hôpital ou même dans ma chambre, que je disparaissais de la surface de la terre et que… C'était peut-être pour ça qu'ils ne me parlaient pas! Je n'avais pas mes verres fumés! Je faisais encore partie du monde! J'ai couru à la cuisine où je les avais laissés, je les ai chaussés.

Rien n'avait bougé au salon. Ils regardaient avec obstination en direction du téléviseur.

Alors j'ai décidé de les tester à mon tour. De faire comme s'ils n'étaient pas là pour voir combien de temps durerait leur patience.

J'ai donc regardé en silence le reste du film auquel je ne comprenais plus grand-chose parce que l'histoire était compliquée et que j'en avais manqué un long bout avec mon discours inutile. J'ai su qui avait tué sans comprendre pourquoi.

J'ai failli leur demander, à eux, s'ils avaient compris. À quoi bon ?

J'ai éteint la télévision, j'ai déposé ma télécommande à côté de celle du Netflix et de celle du lecteur de DVD, bien en vue, toutes les trois, pour ne pas avoir à les chercher le lendemain soir. Je me suis levé, comme ils font dans les films pour signifier à leurs visiteurs que la séance est levée, ils n'ont pas bougé. J'ai fermé les lumières. Maman flambait en silence dans le noir. Toujours la même maudite tête de cochon.

Avant de sortir du salon, je me suis tourné dans leur direction.

« Y a rien de plus ennuyant que des fantômes qui boudent. Et laissez-moi vous dire une chose : je dormirai certainement pas avec mes lunettes fumées au cas où vous vous décideriez à me parler. Y est trop tard, chus fatiqué, j'monte me coucher. Si y avait un message dans votre visite, je l'ai pas compris. Bonne nuit. »

En montant l'escalier qui mène à l'étage où est située ma chambre, je me disais que je me déplace vraiment comme un vieux depuis quelque temps. Des petits pas, même dans la maison, comme si j'avais peur de m'enfarger partout, une marche à la fois dans l'escalier, lentement, obligé, du moins me semble-t-il, de me tenir à la rampe par peur d'en manquer une et de débouler jusqu'en bas… J'ai surpris mon reflet dans une vitrine de magasin, le mois dernier. Le dos un peu courbé, la tête basse, un vieillard que je ne connaissais pas. Je suis en train de rejoindre mon âge. J'entends ma sœur Thérèse dire avant de commencer son shift, au Coconut Inn : « Le principal, mon petit gars, c'est de pas avoir l'air de ton âge. Sauf si t'es ben jeune. Mais tu restes jamais ben jeune ben longtemps. Surtout pas icitte, sur la Main. »

Je suis resté un certain temps assis sur mon lit à regarder les fioles de médicaments que j'aurais dû prendre. Si je me couchais sans les ouvrir, ce serait la première fois que je le ferais délibérément depuis longtemps. Ces derniers jours, c'était un oubli, j'en étais presque persuadé. Presque. Je savais pourtant ce qui était arrivé la dernière fois… J'en ai ouvert une, j'ai contemplé pendant ce qui m'a semblé de longues minutes les gélules blanc et bleu. À quoi servait-elle, celle-là ? À geler mon cerveau, à empêcher les rêves, à gommer mes visions ? Effacerait-elle les deux fantômes qui avaient regardé la télévision avec moi une partie de la soirée ? Me plongerait-elle dans un sommeil sans rêves si pesant et si profond que j'aurais de la difficulté à m'en extirper, le lendemain, la bouche pâteuse, la tête prise dans un étau, une angoisse me serrant le cœur ? Et si je ne prenais plus rien du tout, pas de pilules, pas de gélules, pas de liquide qui goûte le diable, ma mère et Duplessis m'accompagneraient-ils désormais sans jamais plus me quitter ? Et les autres, les Indiens, les cow-boys, le troupeau de bisons, les anges dans nos campagnes ont entonné l'hymne des cieux, le capitaine Hook et son crocodile, reviendraient-ils en force ? M'obligeraient-ils encore une fois à mettre mes verres fumés pour me protéger de leurs assauts ?

Est-ce que je commençais déjà à délirer ? Non, pour le moment ce n'étaient que des souvenirs. Ou un rappel plutôt inquiétant de ce qui m'attendait.

J'étais si écœuré, pourtant, de la bouche pâteuse, des vertiges, de la léthargie que je combattais à grands coups de pinceau depuis que le docteur Loiselle m'avait convaincu de m'occuper à quelque chose pour détourner mon attention des effets secondaires des médicaments qu'il disait miraculeux parce qu'ils domptaient ce qu'il y avait de mauvais en moi mais qui rendaient ma vie si... Quel mot utiliser? Ennuyante? Monotone? Fastidieuse? La léthargie d'un côté, la frénésie de l'autre. Mon lot.

Allais-je arrêter de peindre? J'avais peint, pourtant, ces derniers jours, même si je n'avais rien pris. Mais j'en étais inconscient alors que maintenant ça devenait une décision. Un choix. En prendre ou ne pas en prendre. Telle est la question. J'ai souri. J'étais tout de même encore capable de faire de mauvais jeux de mots.

Après m'être brossé les dents, j'ai bu un grand verre d'eau. Sans médicaments.

Et avant de me mettre au lit, j'ai ouvert la porte et j'ai crié: «Bonne nuit! Mettez pas le feu!» Et je me suis couché en riant.

Ah!

Les deux camps sont là! Les deux armées se font face! Il va y avoir une confrontation! Un autre carnage va se dérouler sous mes yeux… Est-ce réel? Est-ce un film tourné en CinemaScope et Technicolor? Est-ce que la caméra va survoler la bataille, comme si un grand aigle d'Amérique passait au-dessus de la mêlée et y jetait un coup d'œil en planant? Est-ce que je vais planer au-dessus de la boucherie comme il m'est arrivé de le faire de si nombreuses fois, simple spectateur ou, si je le veux, participant actif parce que je souhaite que tout ça finisse? Tout ça quoi? La guerre entre les cow-boys et les Indiens, le massacre sans cesse répété, sans cesse revécu, la vie? Ma vie? Est-ce que je vais enlever mes verres fumés et plonger dans la mêlée comme les pélicans lorsqu'ils vont à la pêche, les ailes repliées vers l'arrière, le cou étiré, une bombe qui tombe du ciel, atomique ou à hydrogène, ou même chargée d'un virus mortel qui peut tuer la population entière de l'Amérique du Nord, en criant qu'ils peuvent tous me passer sur le corps, que ça m'est égal, que je le souhaite, même? Les Sioux, les Iroquois, les Séminoles vont-ils tourner leurs arcs dans ma direction, les Américains leurs fusils? Est-ce que toutes les flèches et toutes les balles, toutes en même temps, comme une seule flèche, comme une seule balle, vont me transpercer la poitrine, me projeter vers l'arrière, me clouer à un arbre? Est-ce que je vais rester cloué à un mahogany ou un banian pendant des heures en leur hurlant des remerciements? À tous? À tous mes assassins? Ou, au contraire, est-ce que je vais m'approcher du combat tout doucement, presque sur la pointe des pieds, un personnage de dessin animé, caché derrière mes verres fumés, invisible donc invincible? Les chevaux vont passer à travers mon corps et je ne sentirai rien, leurs crinières me fouettant le visage comme une caresse. Les soldats américains et les guerriers indiens, ignorants de ma présence, vont malgré tout, quand encore une fois j'aurai décidé d'enlever mes verres fumés, me piétiner jusqu'à ce qu'il ne reste plus de moi qu'une pulpe de chair sans forme parce que je ne vaux rien de mieux... Parce qu'on me le répète chaque jour. Pendant les repas. Pendant ma douche obligatoire hebdomadaire. Sauf le docteur Loiselle qui fait ce qu'il peut pour me garder en vie, pour m'inculquer une quelconque envie de rester vivant. À travers tout ça, est-ce que le frère mets-ta-main va venir faire sa ronde? Est-ce que je vais entendre un de mes voisins de chambrée protester parce qu'il veut dormir ou geindre parce qu'il se laisse faire? Est-ce que je vais décider de retourner m'installer devant la plus grande bataille de tous les temps, à l'abri derrière mes lunettes, et regarder ça, la grande honte, la grande injustice, le génocide de tout un peuple se dérouler sous mes yeux sans intervenir?

Je l'ai décrit comme je l'ai senti, comme je l'ai vécu. J'y ai consacré une grande partie de la nuit.

Le soleil va se lever, il faudrait bien que j'aille me coucher. Maintenant que je sais que je vais dormir sans vivre mille morts.

À mon réveil, je ne me suis pas laissé le temps de réfléchir.

J'ai allumé ma lampe de chevet, j'ai allongé le bras vers les trois fioles maudites. J'ai pris mon verre d'eau et j'ai avalé les pilules : une rose, une bleue, une grosse blanche.

J'avais ignoré le prix à payer pour la liberté. Trop vieux. Trop fatigué pour endurer tout ça.

Je suis ensuite descendu à la cuisine me faire chauffer un peu de lait. Comme à l'hôpital. On me laissait sortir du dortoir si je le demandais poliment parce que j'étais un adulte et qu'on savait que je n'étais pas dangereux quand j'avais pris mes médicaments. Et que le lait chaud, le docteur l'avait dit et l'avait prescrit, me faisait vraiment du bien.

Duplessis dormait sur les genoux de ma mère. Ou faisait comme si. Elle regardait toujours dans le vague. Mais elle a tourné la tête dans ma direction quand j'ai parlé.

« Vous pouvez vous en aller. J'ai pris mes pilules. Ça va commencer à faire effet d'une minute à l'autre. »

Elle s'est levée. Le chat est tombé par terre en atterrissant sur ses pattes, bien sûr.

Ils sont passés devant moi. Ça sentait un peu le feu. Et ils sont sortis à travers la porte sans se donner la peine de l'ouvrir.

Ma fugue aura été bien courte. Je n'ai jamais connu la liberté de ma vie, c'était bien naïf de croire que je réussirais à l'atteindre à mon âge. J'imagine que j'espérais qu'à mon âge, justement, après tant d'années de fausse sérénité fabriquée sur mesure pour dompter mes démons, ma maladie, mon mal auraient fini par se résorber. Au moins un peu. Que ma tête aurait enfin pu supporter la réalité. Je suppose que ce n'est pas elle que je ne supporte pas, elle, la réalité, autant que ce qu'il y a à l'intérieur de ma tête et qu'il faut dompter. Je suis allergique à ma propre tête qu'il faut dompter comme un animal enragé. C'est la première fois que j'y pense de cette façon-là et ça me fait peur.

J'ai vécu cinquante ans dans un calme plat et je n'aurai survécu que quelques jours à une tentative de liberté.

Tristesse.

J'ai mis plus de temps à écrire cette dernière entrée de mon journal. C'est comme… Je cherche mes mots… et j'écris que je cherche mes mots, c'est curieux… C'est comme si en plus de comprendre maintenant à quoi ça peut servir – une espèce de confession sans pénitence, des aveux sans conséquence –, je commençais à l'apprécier. Je veux dire l'écriture. L'écriture elle-même. Avoir quelque chose à raconter et le faire, se pencher sur un cahier et le décrire tel qu'on le voit, tel qu'on l'a ressenti quand ça s'est produit. Quitte à tout oublier au fur et à mesure, le pourquoi, le comment, et à ne garder que la consolation passagère que ça a pu déclencher en soi, la fierté, aussi, d'avoir réussi à le faire. Mais suis-je vraiment en train de le faire ? Est-ce que je suis vraiment penché sur mon cahier à écrire, ou bien suis-je réfugié quelque part où je me sens bien pour rêver de le faire ? Un peu plus tard ? Tout à l'heure ? Demain ? Il ne faut pas que je me laisser aller à ce genre de spirale sans fin, tous les docteurs que j'ai consultés au fil des années m'ont dit d'arrêter de me poser des questions quand les questions devenaient trop compliquées, que trop se poser de questions rendait...

Mais je le suis déjà.

Je me suis fait deux toasts au miel baratté – je déteste le miel liquide –, un café bien fort, et je me suis installé sur la galerie d'en avant. J'y suis resté quelques heures à me bercer comme je le faisais quand je suis arrivé ici, encore étonné de quitter la ferme des Gariépy pour m'installer dans ma propre maison.

J'ai… est-ce que le mot surveillé serait juste? surveillé, disons, l'effet des médicaments, les premiers symptômes, un frémissement à la surface de ma conscience, puis le faux calme, d'habitude si bienvenu, mais que je trouvais tout à coup suspect, l'engourdissement général enfin qui me cloue sur place et contre lequel je dois lutter chaque jour pour retourner à mes pinceaux.

En me berçant devant ce panorama qui ne me cause plus d'angoisse depuis si longtemps je me suis dit une fois de plus que j'avais tout de même de la chance d'avoir trouvé cette échappatoire.

Et l'aquarelle que j'ai produite en fin d'après-midi n'est qu'un amoncellement de nuages au ventre doré et rose avec, à l'horizon, une possibilité de nuit qui s'en vient et qui va tout écraser.

VARIATIONS

Bien avant d'avoir l'âge requis – vingt et un ans, à l'époque, pour entrer dans les bars –, Thérèse m'avait introduit au Coconut Inn. Lorsqu'elle commençait à travailler plus tôt, parce qu'il arrivait qu'on lui demande d'entrer dès huit heures du soir, surtout les fins de semaine, le vendredi par exemple, alors que les soûlons de la Main allaient dépenser leur paye au club pendant que leurs femmes et leurs enfants les attendaient à la maison, elle appelait maman – elle était déjà mariée – et lui disait qu'elle m'emmenait aux vues avant d'aller travailler, qu'elle allait me mettre dans un taxi en sortant du cinéma et, dans le tramway où nous étions convenus de nous rencontrer et qui nous amenait au Coconut Inn, elle me racontait le dernier film qu'elle avait vu pour que j'aie quelque chose à répondre en rentrant à la maison si maman me posait des questions. Et elle m'en posait parce qu'elle adorait le cinéma, surtout les films américains, presque autant que Thérèse. Je devais être convaincant puisqu'elle n'a jamais semblé se douter de quoi que ce soit. À moins que ces soirées passées sans moi aient été un tel soulagement pour elle qu'elle préférait ne pas savoir ce que j'avais vraiment fait.

Thérèse me répétait souvent qu'elle m'amenait parce qu'elle voulait que je me déniaise. Elle me trouvait trop discret, trop introverti, elle voulait que je sorte de ma coquille et avait décidé, comme elle le disait si bien elle-même, de faire mon éducation. En tout cas dans ce qu'elle connaissait de la vie. Qui se trouvait plus du côté du gros fun noir qu'on trouve dans les clubs et les cabarets que de celui de la culture.

Elle était vite devenue un des éléments les plus populaires du Coconut Inn, elle attirait la clientèle, savait la faire boire et Maurice, le patron, un ami d'enfance à elle, semble-t-il, ne jurait que par elle, du moins quand elle ne faisait pas trop de grabuge. Parce que Thérèse avait un grave problème : la boisson la rendait folle. Littéralement. Moi, je l'étais de nature ; elle, avait besoin d'un excitant. Qui s'appelait la bière. Pas la boisson forte, non, la bière, qu'elle buvait dans de grosses bouteilles de verre qu'elle cachait derrière le bar parce que les filles n'avaient pas le droit de boire quand elles étaient « sur le plancher ». Tout le monde le savait, y compris Maurice qui aurait pu se débarrasser d'elle n'importe quand, mais on fermait les yeux parce qu'elle était une serveuse exceptionnelle.

Elle connaissait pourtant mon état, ma grande fragilité, ma nervosité à fleur de peau. Elle avait passé son enfance à me consoler à l'issue de mes crises, elle seule savait comment me faire arrêter de pleurer parce que j'avais peur de maman et que ma tante Nana m'impressionnait trop pour que je la laisse m'approcher dans ces moments-là. Déjà une sorte de honte, je suppose. Ma honte s'est manifestée très tôt, et seuls Thérèse et les médicaments en sont venus à bout. Elle croyait peut-être que le Coconut Inn, avec ses odeurs, ses bruits, ses couleurs vives, le brouhaha incessant qui y régnait, me distrairait de ce qu'elle appelait mes absences – elle a été la première à utiliser cette expression – et attirerait mon attention ailleurs que sur mon petit moi-même. Elle me disait souvent : « Arrête de t'écouter, Marcel, lutte ! Lutte ! » Comme si j'avais eu quelque contrôle sur ce qui m'arrivait quand venaient mes périodes de crises.

Le Coconut Inn me distrayait, en effet, du mal dont j'étais atteint, mais, en même temps, à cause de Maurice, à cause de Tooth Pick, des danseuses et des serveuses, aussi, qui me considéraient tous comme une sorte de jouet, l'hystérie qui y régnait, parfois très tôt dans la soirée, m'entraînait dans une sorte d'euphorie qui finirait par m'être néfaste. De drôles de substances, aussi, pas juste de la boisson, me seraient offertes – « Viens voir ma tante, a'l' a quequ'chose à te donner… » –, et je n'aurais pas la force de leur résister.

Ce qui me fascinait le plus, cependant, à part Mercedes Benz, bien sûr, mais j'y reviendrai plus tard, c'était les marcheuses.

Elles ne dansaient pas, elles ne se déshabillaient pas, elles se contentaient de se promener sur la scène en se dandinant à peine, court vêtues – en fait le moins vêtues possible, souvent des couches de voiles qui laissaient tout deviner sans rien montrer –, les bras levés de chaque côté comme pour garder leur équilibre, un sourire invitant aux lèvres. Inatteignables. Intouchables. Comme dans les vieux films américains en noir et blanc. (C'était quoi, son nom ? Ziegfeld ?) Il leur arrivait de s'arrêter au milieu de la scène et de donner de la hanche, un seul petit coup, un seul petit bump, mais c'était rare. Des rêves vaporeux et parfumés que les hommes sifflaient en leur lançant de la monnaie et en levant leur verre de bière à leur santé.

Après le spectacle, la loge de la marcheuse du jour était toujours envahie par une horde d'hommes de toutes sortes qui lui disaient toutes sortes de choses et qui voulaient lui faire toutes sortes d'autres choses. La chanteuse de la semaine, quand pour mon plus grand malheur ce n'était pas Mercedes, était souvent jalouse de l'attention que les hommes portaient à la marcheuse et j'ai souvent assisté à des tiraillages de fin de soirée qui amusaient tout le monde, mais qui me terrorisaient, moi, parce que j'y sentais un sérieux, un réel danger que les autres ne voyaient pas. Et j'ai assisté, même si Thérèse me tirait par la manche en direction du taxi en me disant de ne pas regarder ça, à de navrantes batailles sur le trottoir en face du Coconut Inn. La marcheuse avait perdu tout son mystère et la voix de la chanteuse était moins caressante.

Mais les heures que je passais au fond du Coconut Inn, un Coke posé devant moi, à inspecter la salle quand le spectacle n'était pas commencé, les yeux rivés sur la scène quand le maître de cérémonie – Spéghatti! Je me souviens qu'on l'appelait Spéghatti parce qu'il était maigre et très grand – s'emparait du micro pour annoncer le spectacle comme s'il s'agissait de la huitième merveille du monde alors que ce à quoi nous allions assister était sans doute navrant même si nous ne le savions pas, ces heures-là, les chanteuses qui chantent mal, les jongleurs qui échappent sans cesse leurs accessoires, les pitoyables magiciens, étaient merveilleuses. Les rideaux de paillettes et les guirlandes de toutes les couleurs m'intéressaient autant que les artistes. Sans parler de la musique assassinée au piano par la grosse Minoune que j'arrivais à trouver belle. Yeux grands ouverts, les fesses au bord de ma chaise, je restais cloué sur place. Ça ne sentait jamais le caramel, je n'ai pas fait une seule crise d'épilepsie au Coconut Inn, peut-être parce que j'étais concentré sur quelque chose qui se passait à l'extérieur de moi, ou que je réussissais à me contrôler pour tout voir jusqu'à la fin, je ne sais pas… Je n'assistais pas aux spectacles du Coconut Inn, je les vivais! J'avais repeint *Le Jugement dernier*, j'avais recomposé la *Sonate à la lune*, j'avais réalisé de grands films et écrit des chefs-d'œuvre, mais ce sont les spectacles du Coconut Inn qui me ravissaient le plus.

Quand quelqu'un avait versé quelque chose dans mon verre pour faire son comique – ils ont prétendu plus tard, à la mort de Mercedes, à la mort de ma sœur, que c'était faux, que j'inventais tout, que j'étais un petit vicieux comme tout le monde, mais moi je savais que j'avais raison –, j'avais des chaleurs qui partaient de mon bas-ventre et qui irradiaient dans tout mon corps, j'avais d'incontrôlables érections qui pouvaient durer tout le temps de la représentation, plus longtemps même, et j'étais convaincu de pouvoir prendre quatre, cinq, six de ces filles qui se déhanchaient ou non devant moi. Si j'avais eu de l'argent, je me serais sans doute ruiné pour ces visions couleur pastel. C'est plus tard, beaucoup plus tard, en fait lorsque je suis arrivé ici, à Nominingue, qu'on a tué ma libido comme on avait tué celle de tous les autres patients. Les frères mets-ta-main n'abusaient donc que des corps sans désir. Mais je m'éparpille encore, il faut revenir aux prodiges du Coconut Inn.

Et à Mercedes Benz.

J'ai essayé de trouver un mot pour décrire ce qui se passait lorsque Mercedes entrait en scène et je n'ai trouvé que des clichés. Une apparition? Bien sûr. Une vision? Ben oui. Un mirage, une illusion, une hallucination… La vérité est qu'aucune de ces expressions ne peut donner une idée de ce que je ressentais lorsque le *follow spot* s'allumait sur le côté droit de la scène et que Mercedes faisait son entrée. Aujourd'hui, je me dis que j'avais seize, dix-sept, dix-huit ans, que j'étais impressionnable, que ce n'était là qu'une chanteuse qui s'avançait vers son micro dans un cabaret de troisième ordre au cœur du Red Light de Montréal, et qu'en fin de compte elle ne chantait peut-être pas si bien. Mais le fait est que je n'étais pas le seul à être sensible à ses charmes. Tous les hommes présents, qui jusque-là avaient été bruyants et mal élevés, se taisaient d'un seul coup lorsqu'elle commençait à chanter. Au lieu de s'avancer au bord de leur chaise, de tendre le cou et de hurler comme ils le faisaient même devant la moins intéressante des marcheuses, ils s'appuyaient à leur dossier, les yeux grands ouverts, touchaient peu à leur bière et écoutaient. J'allais écrire religieusement, un autre cliché. Mais le mot est juste. Nous assistions à une messe païenne peuplée de femmes malheureuses, de prostituées violentées, d'innocentes petites fleurs de pavé que guettaient la dépravation et le malheur. Peu de gestes, le visage un masque neutre qui dissimulait les plus grandes douleurs imaginables, une voix rauque qui pouvait se faire caressante quand il était question d'amants adorés et d'amours partagées – jamais pour longtemps –, statuesque comme peut l'être une belle femme immobile. Les semaines où Maurice n'avait pas les moyens de se payer un orchestre, la plupart du temps trois musiciens ivres qui avaient de la difficulté à suivre Mercedes, la grosse Minoune l'accompagnait et, chaque fois, elle jouait mieux que lorsqu'elle suivait les samarcettes des danseurs et les pitoyables courbettes des acrobates. On aurait dit que le peu de talent qu'elle avait lui revenait à cause, j'imagine, de sa vénération pour la chanteuse.

Le répertoire de Mercedes tournait autour de celui d'Édith Piaf, de la Palma de l'Empire, de Rina Ketty et de Fréhel. C'était plutôt courageux de sa part parce que la clientèle du Coconut Inn, avant que Maurice nous la présente, huait toute artiste qui osait s'essayer à une chanson un tant soit peu sérieuse. Mercedes, elle, avait réussi à la mater du premier coup avec une interprétation bouleversante des *Roses blanches*. Thérèse en avait les larmes aux yeux lorsqu'elle me racontait les débuts de Mercedes Benz au Coconut Inn, comment elle avait su dompter en trois petites minutes un public turbulent qui ne voulait rien savoir d'une petite fille qui perd sa mère hospitalisée. Quand ils avaient été bien sages, qu'ils l'avaient écoutée avec l'attention qu'elle attendait d'eux, elle terminait son tour de chant avec un succès d'Alys Robi, *Tico Tico* ou *Besame mucho*. Elle leur permettait alors d'exprimer leur enthousiasme et ils ne se gênaient pas pour lui faire le triomphe bruyant qu'elle méritait. Court, mais bien senti.

Moi, pendant la demi-heure que durait son tour de chant, je vivais tout. Tout ce qu'elle chantait. De l'intérieur. Comme si j'avais été elle. Ou, plutôt, la prostituée là-bas, au coin de la rue, ou la pauvre vieille qui hurlait *où sont tous mes amants, tous ceux qui m'aimaient tant*, ou bien *personne ne t'aimera comme moi* sur un tango très rythmé. Je ne connaissais rien de la vie, des femmes, des hommes, de leurs relations, et cette magnifique créature, sur la scène, les mains plaquées sur les cuisses, les yeux remplis d'eau, me jetait au cœur de malheurs que nous partagions, elle et moi, pendant de courtes et intenses minutes, moi sans les avoir jamais vécus, ni même imaginés, et elle… Une chanson, en particulier, me laissait chaque fois en larmes : *Les cinq étages*, l'histoire d'une courtisane qui habite d'abord le rez-de-chaussée d'un immeuble chic, à Paris, et qui doit monter, d'étage en étage, jusqu'au cinquième, celui des chambres de bonnes, au fur et à mesure que la malchance, la maladie et la pauvreté la frappent. C'était un film complet, un roman de quatre cents pages, en moins de quatre minutes, en cinq courtes strophes, et j'en sortais épuisé et bouleversé au point de rester cloué sur ma chaise pendant que Spéghatti venait remercier les artistes, le public, et lui donner rendez-vous au prochain spectacle, encore plus beau, encore plus excitant que celui auquel il venait d'assister (en fait, le même).

Aussi pâmé qu'il l'était, aussi admiratif de ce qu'il venait de voir, le public du Coconut Inn n'applaudissait jamais longtemps. Tout au plus dix ou quinze courtes secondes. En masse de sifflets pour montrer son appréciation, des compliments lancés à tue-tête, et c'était fini. On se levait pour partir si on s'était déplacé pour assister au spectacle – une infime partie de l'auditoire – ou on retournait à sa bière comme si rien ne s'était passé. Les serveuses, parmi lesquelles Thérèse avec son grand sourire et son bon mot pour chacun, se démenaient pour renouveler les consommations pendant que les admirateurs de Mercedes se pressaient vers les loges.

Moi, j'avais accès à celle de Mercedes quand je le voulais. Elle s'était prise d'affection pour moi – à cause d'une indiscrétion de ma sœur, elle m'appelait *pigeon* comme mes amis de la rue Fabre l'avaient fait pendant toute mon enfance – et me traitait comme son petit frère. Ou un enfant qu'elle aurait eu. Un jeu qui ne lui coûtait rien, qui ne durait pas longtemps et qui ne portait pas à conséquence. Aussitôt entrée dans la minuscule pièce réservée aux invités spéciaux et que Maurice avait pompeusement baptisée *la loge des stars*, elle laissait la porte entrouverte et je m'y glissais avant que la horde d'admirateurs ne se fasse trop pressante.

« Ferme la porte, pigeon, sinon y vont encore penser qu'y peuvent entrer sans cogner. Y savaient pas vivre hier, y le sauront pas plus à soir. Faut pas trop leur en demander… »

Et je passais quelques minutes parfaites plongé dans son parfum, dans son babillage, clair et drôle quand elle n'avait pas bu, incohérent et souvent pénible quand elle avait sifflé quelques verres de cognac avant d'entrer en scène, ou, comme elle le disait, après avoir tiré une ligne, expression que je n'ai comprise que beaucoup plus tard. Après s'être démaquillée, elle passait derrière le paravent pour se changer et j'essayais d'imaginer ce qui s'y passait. Elle continuait à me parler comme si j'avais été à côté d'elle. En fait, je l'étais puisque la loge était à ce point exiguë qu'en étirant le bras j'aurais pu toucher le paravent. Quand elle revenait s'installer à sa table de maquillage pour remonter ce qui était descendu pendant son tour de chant, comme elle le disait immanquablement en scrutant son visage dans le miroir, je savais que c'était le temps de partir en laissant la porte ouverte pour que ses visiteurs puissent entrer. « Y aiment ça me regarder dessiner le visage que je m'invente pour faire face au monde… Passer d'une vraie personne à une fausse. » Souvent elle me regardait dans le miroir rond de la table de maquillage – je n'ai jamais compris pourquoi elle ne se retournait pas pour me parler en face dans ces moments-là – et me disait : « Ce qui va se passer ici, mon pigeon, c'est pas faite pour les petits gars de ton âge. Tu vas y arriver un jour, ça sera pas ben long, tu vas devenir plate pis prévisible comme eux autres, avec les mêmes exigences vieilles comme le monde, mais pour le moment laisse-moi tu-seule avec eux autres.

— Vous avez besoin de rien avant que je parte?

— Oui, d'une bonne vieille caresse de petit gars.»

Après ce moment de grâce que j'avais attendu toute la soirée et qui me jetait dans un incroyable état d'euphorie – la douceur de la peau, le parfum du corps, le parfum ajouté –, j'allais rejoindre ma sœur qui m'attendait pour m'appeler un taxi.

«Oublie pas, *La vie passionnée de Vincent Van Gogh*, avec le beau Kirk Douglas. Tu te rappelles de tout ce que je t'ai conté?

— Ben oui.

— La folie, l'oreille coupée, les tournesols, les couleurs des peintures, les beaux paysages de la Provence?

— Ben oui, aie pas peur, a' va me croire.

— Oublie pas Anthony Quinn! J'sais pas si a' le connaît, mais y était tellement bon!»

Si elle me posait des questions, ma mère m'écoutait lui raconter un film que je n'avais pas vu.

«Pis tout ça a fini à presque minuit?

— Y avait une autre vue… avant celle-là. On a été obligés d'attendre que l'autre finisse…

— C'tait quoi?

— Moman, je viens de t'en conter une, c'est assez!»

Avant de se retirer dans sa chambre, il lui arrivait de me dire, peut-être pour me faire comprendre qu'elle n'était pas dupe de mon petit jeu:

«Pour un gars qui arrive des vues, je trouve que tu sens drôle. Si j'apprends que tu entres dans des tavernes à ton âge, Marcel, je sais pas ce que je te fais! Avec la tête que t'as, y faut pas que tu touches à la boisson, tu le sais très bien! M'as-tu ben compris? Pis j'vas appeler Thérèse, demain, pour voir si a' va me conter la même vue... »

Si elle était déjà couchée à mon arrivée à la maison, je savais que je ne perdais rien pour attendre, que le déjeuner, le lendemain matin, serait animé.

Je raconte tout ça en me berçant sur la galerie qui donne sur la route de Nominingue. Mes soirées de grandes joies, mes moments de pur bonheur. Pour, en quelque sorte, les officialiser. Parce que je ne les ai jamais racontés à qui que ce soit. Le reste oui, comment tout ça s'est terminé, le bain de sang, le cadavre de Mercedes dans la baignoire de la salle de bains du Coconut Inn, ma terreur que la même chose m'arrive parce que celui qui avait fait ça était peut-être encore là, caché tout près, la crise que j'ai faite sur place, une des pires de ma vie, tout ça j'ai dû le répéter et le répéter encore aux chiens, aux maudits chiens qui n'ont jamais été aussi chiens que quand ils m'ont interrogé. Je n'ai bien sûr pas été suspecté, j'étais presque un enfant, mais j'étais un témoin important, celui qui l'avait trouvée, elle que j'aimais tant et qui jamais plus n'enchanterait mes soirées, alors il fallait me faire parler. Ils voulaient tout savoir alors que je ne savais rien. Thérèse avait beau leur dire que j'étais malade, que je pouvais faire une crise d'épilepsie à tout moment, là, devant eux, ils insistaient, ils me poussaient même à dire des choses que j'ignorais. Plus tard, on m'a expliqué – Thérèse, à voix basse, en me serrant contre elle – que tout ce temps-là, c'était Maurice qu'ils visaient, qu'ils se doutaient que c'était lui qui avait assassiné son ancienne blonde ou bien Tooth Pick, son âme damnée – un crime passionnel, c'est comme ça que ça s'appelait, un crime passionnel –, et qu'ils espéraient que je leur fournisse des indices qui leur permettraient de le coincer. Même si certains d'entre eux étaient sur son *payroll*. Son *payroll*, c'est quoi un *payroll*? Elle m'avait alors dévoilé des secrets au sujet de la Main, pas tout, juste des bouts, juste assez pour me faire peur et m'enlever le goût d'y revenir après ce qui venait de se passer. Mais pourquoi y serais-je retourné puisque Mercedes n'était plus là?

Heureusement, rien de tout ça ne s'est rendu jusqu'à ma mère. Parce qu'ils n'ont rien trouvé. Ou parce que Maurice s'en est mêlé.

Bien sûr, cet atroce souvenir a hanté toute ma vie. Si j'en ai rêvé pendant des années, je n'en ai jamais parlé à aucun des docteurs ou des psychiatres que j'ai consultés ici, peut-être parce que j'avais dû le répéter trop souvent ce jour-là, ou que c'était trop loin derrière moi pour me faire du mal, je ne sais pas… Ou qu'il reste encore quelque part en moi un soupçon de scepticisme. Malgré tout.

C'est donc la raison pour laquelle j'ai décidé ce matin de mettre sur papier ce qui est venu avant mon enfermement, ces soirées exaltantes que j'avais passées à écouter chanter Mercedes et à la regarder se transformer, après le spectacle, passant sous mes yeux de la déesse intouchable à la star monnayable. Parce que ça, le beau, on ne m'a jamais questionné là-dessus. Ça n'intéressait personne d'autre que moi. Même Thérèse, mais c'était peut-être par délicatesse, ne m'a jamais reparlé de Mercedes. C'est faux. Oui, c'est faux. Elle a essayé, un temps, de me faire croire que rien de tout ça n'avait existé, que c'était dans mon imagination – pas le Coconut Inn, bien sûr, pas les soirées de spectacles, mais la mort de Mercedes, ma découverte de son corps, le sang, la baignoire remplie de sang –, que tout ça n'était qu'un mauvais rêve que je prenais pour une réalité. Comme ça m'arrivait souvent depuis toujours... Quand je lui demandais pourquoi Mercedes ne chantait plus au club si elle n'était pas morte, elle me répondait qu'elle était partie faire carrière à Toronto. Comme son idole Alys Robi. Et qu'il valait mieux l'oublier. Je suppose que je me suis arrangé pour pas la croire. Parce que ça faisait mon affaire. Après tout, puisque le bain de sang continuait à hanter mes nuits, peut-être que l'origine de ce faux souvenir se situait lui aussi au fond de ma tête. L'ai-je jamais vraiment cru? Sans doute pas. Mais j'aimais penser que Mercedes continuait à enchanter des foules d'hommes quelque part, à Toronto. Ou ailleurs. En essayant d'oublier d'où elle venait.

Spéghatti sort de scène, le projecteur s'allume sur le côté droit du plateau. Il est comme coupé en deux, une partie horizontale sur le plancher, une partie verticale contre le rideau de paillettes rouge vif. Une déesse fait son entrée, s'avance en souriant vers le micro. La grosse Minoune improvise un prélude sur son piano droit qui a connu de meilleurs jours. Et l'enchantement commence. C'est ça qui importe : la prostituée dans la rue, au fond, là-bas, personne ne t'aimera comme moi, c'est mon homme, voici des roses blanches, à la Bastille on l'aime bien Nini Peau-d'chien, sous le ciel de Paris, les escaliers de la Butte sont durs aux miséreux, mon légionnaire, c'est des maladies qui se voient pas quand ça se déclare, de bleu, de blanc, de rouge il est vêtu, mon matelot, moi j'essuie les verres au fond du café, où sont tous mes amants, tous ceux qui m'aimaient tant. Non ?

J'ai peint deux aquarelles aujourd'hui.

Des personnages y sont apparus pour la première fois depuis longtemps.

Dans l'une j'ai dessiné un petit Marcel transparent qui se promène au bord de la mer. J'ignore pourquoi je l'ai placé au bord de la mer. Peut-être parce que je ne l'ai jamais vue qu'au cinéma ou à la télévision, qu'elle a toujours été pour moi un refuge imaginaire, l'image du bonheur. Et que j'ai eu envie de me promener au bord du bonheur après le récit que j'avais fait de mes soirées au Coconut Inn. Et comment tout ça s'était terminé. Sans toutefois y participer, au bonheur, parce que le petit Marcel est de profil à l'eau, au magnifique coucher de soleil qu'il a dû décider de ne pas contempler parce qu'il ne s'en sent pas digne. Il est tout en bas de l'aquarelle, ses pieds touchent le bord de la feuille. Et il est transparent. Il ne fait presque pas partie du tableau. Il a été rajouté. Un dessin à la plume, ajouré, à travers lequel on peut voir le coucher du soleil en oubliant qu'il est là, lui, le petit Marcel au bord du bonheur.

Dans l'autre, une Mercedes de dos fait face, elle, au coucher du soleil. Elle le contemple, elle en jouit, on dirait presque qu'elle l'affronte, on sent qu'elle restera plantée là jusqu'à l'extinction des feux, jusqu'à ce que la dernière petite lueur rose pâle ou couleur pêche s'efface sans qu'elle s'en rende compte. Qu'elle ne partira pas tout de suite, qu'elle attendra l'apparition des étoiles, un nombre inconcevable d'étoiles, parce que c'est une nuit sans lune et que Mercedes aime le calme de l'obscurité après le feu d'artifice de couleurs, le grand concert silencieux. Elle n'est pas transparente. Elle est vêtue d'une robe bleue, courte, moulante, comme celle qu'elle portait les soirs où elle ne nous livrait que son répertoire de chansons réalistes. Pas de robes longues, pas de paillettes, pas de décolleté plongeant pour les parias, les repris de justice, les laissés-pour-compte de ce monde. Une petite robe bleue et une voix rauque.

Va-t-elle chanter? Quand la nuit sera tombée. Quand on ne la verra plus. Ni elle ni le ciel. Est-ce que je vais l'entendre chanter quand l'aquarelle sera devenue complètement noire?

Où sont tous mes amants
Tous ceux qui m'aimaient tant
Jadis quand j'étais belle?
Adieu les infidèles.
Ils sont je ne sais où
À d'autres rendez-vous
Moi mon cœur n'a pas vieilli pourtant
Où sont tous mes amants?

Aussitôt qu'elles ont été terminées, j'ai senti le besoin d'aller les montrer à madame Dieudonné. Ce qui ne m'était jamais arrivé. D'habitude j'attends d'en avoir au moins une trentaine et la plupart du temps je prends rendez-vous. Pour ne pas la déranger ou lui faire perdre son temps. Je suis bavard, du moins avec elle, et il arrive que mes visites se prolongent. Parce que nous nous entendons bien, qu'une belle complicité s'est développée entre nous, qu'elle est belle, gentille... et patiente avec moi. Qui d'autre qu'elle, à Nominingue, aurait la patience d'écouter radoter un petit vieux de soixante-seize ans souvent perdu dans ses pensées et qui risque à tout moment d'avoir une *absence* ou de faire une crise d'épilepsie? Mon psychiatre, bien sûr, mais lui c'est son métier, il est payé – mal, à l'entendre parler – pour le faire et je me doute depuis quelque temps qu'il ne m'écoute plus. Est-ce que c'est possible, un psychiatre qui considère qu'il a fait le tour de son client et qui ne l'écoute plus? Mais je dois dire à sa décharge qu'il y a fort longtemps que je ne lui ai pas raconté quelque chose de neuf. Du nouveau après cinquante-trois ans d'analyse, de questionnements, de radotage, c'est rare. C'est peut-être la raison pour laquelle j'ai changé si souvent. J'ai épuisé des générations de docteurs mal payés par le gouvernement – ils ne m'ont jamais rien coûté – et qui rêvent de partir à Montréal au lieu de croupir ici, dans le fin fond des Laurentides. Mais mieux vaut ne pas y penser. Et, de toute façon, je consulte celui-là de moins en moins souvent. Peut-être parce que je me considère moi-même comme un cas désespéré…

Ces deux aquarelles, cependant, signifiaient quelque chose de précis, elles étaient issues non seulement d'une entrée de mon journal, mais aussi de souvenirs de ma jeunesse que j'avais illustrés, comme si je m'en débarrassais une deuxième fois, alors j'avais envie – elle qui m'a souvent demandé d'où venait mon inspiration, pourquoi toujours les mêmes sujets et pourquoi ces deux-là – de lui expliquer qu'aujourd'hui je le savais et lui raconter… pas le détail, pas tout, non, je laisserais la fin dramatique de côté, mais parler de Mercedes, de ma fascination pour elle, de l'importance que prenaient pour moi, quand j'étais jeune, les paroles des chansons à texte, qui n'existent plus, je crois bien, qui racontaient une histoire en quelques minutes et qui restaient gravées dans le cœur, paroles et musique. Je pouvais me concentrer sur des films interminables, savourer chaque description des romans de Jules Verne, passer sans problème – c'est vrai, je le jure – à travers les plus longs opéras de Wagner (je les avais même composés, du moins j'en étais souvent convaincu), mais rien ne m'enchantait autant qu'une courte histoire triste décrite en quelques strophes sur une musique entraînante ou langoureuse et livrée par une grande chanteuse, en l'occurrence Mercedes Benz, la petite dame vêtue de bleu de mon aquarelle devant le si beau coucher de soleil.

Je marchais plus lentement que d'habitude, je trouvais mes deux aquarelles encombrantes – c'était de très grandes surfaces, de celles que m'avait commandées madame Dieudonné lors de ma dernière visite –, j'avais la bouche sèche et ma vue était trouble. Avant de quitter la maison, un doute m'avait assailli : est-ce que j'avais pris mes médicaments avant de commencer à peindre ? Alors malgré les avertissements du docteur Bazin qui me dit si souvent de sauter un tour si jamais ça m'arrivait, que ce n'est pas très grave que je les oublie de temps en temps, j'avais sans doute absorbé une seconde dose puisque je ne me sentais pas bien et que j'avais envie de m'étendre dans les herbes qui longeaient la route pour dormir. Il ne manquait plus qu'on me trouve endormi à côté de deux de mes tableaux...

J'ai décidé d'aller m'asseoir au bout de la jetée au bord du petit lac Nominingue qui était sur mon chemin, de laisser pendre mes pieds au-dessus de l'eau et d'attendre que ça passe. Je sentais venir un vertige, j'avais peur que quelque chose de plus grave qu'un simple étourdissement se produise et je voulais passer à travers ce moment difficile tout seul, sans témoin. Je n'avais pas de cuiller de bois avec moi, bien sûr, et je suis parti à la recherche d'un bâton quelconque, n'importe quoi de dur que je pourrais insérer entre mes dents si une crise me prenait. J'avais de plus en plus chaud, je me disais que la fraîcheur de l'eau et le vent toujours présent au-dessus du lac me feraient du bien. J'ai ramassé une petite branche d'arbre au bord de la route et je me suis dirigé vers le lac.

Duplessis m'attendait au bout de la jetée, le corps bien droit, la tête tournée vers l'autre rive du lac comme s'il y guettait quelqu'un ou un petit animal à poursuivre. Je me suis assis à côté de lui, j'ai déposé mes aquarelles sur le bois pourri. Je suis resté silencieux quelques secondes, le temps de reprendre mon souffle.

« Ça va pas bien ? »

J'étais étonné qu'il m'adresse la parole, la dernière fois il n'avait même pas daigné me regarder.

« Avant, tu savais toujours comment j'allais. T'avais pas besoin de me le demander.

— Avant, on était toujours ensemble.

— C'est vrai. Pis moi aussi je savais comment t'allais... Non, ça va pas bien. Enfin, en général ça va pas pire, mais là, depuis quequ'minutes...

— Trop de médicaments.

— Comment ça se fait que tu sais ça ?

— J'sais pas toute, mais j'en sais des bons bouttes. »

Nous avons contemplé l'eau pendant un moment, puis je me suis couché sur le dos.

« Excuse-moi, faut que je ferme les yeux. Ça tourne. »

J'ai posé une main sur mon front. Trempé. Tout mon visage était trempé.

« Ça va passer si je bouge pas...

— As-tu besoin de mon moteur ? »

J'ai souri à travers mon vertige.

C'était un signal entre nous quand j'étais petit. J'avais mal quelque part, j'avais de la peine, Duplessis me demandait si j'avais besoin de son moteur. Il montait sur mes genoux, je plongeais la main dans sa fourrure malpropre et il partait son moteur. La douleur s'éloignait, ma peine s'éteignait. Chaque fois.

« J'pense que j'ai besoin de tous les moteurs que tu pourrais me fournir... »

Les chats rient-ils ? En tout cas celui-là en a lancé un beau gros en grimpant sur mon ventre.

«J'te dis que c'te bédaine-là a profité depuis la dernière fois que j'y ai payé une visite!»

Je lui ai donné une légère tape sur la tête. Il a toujours détesté ça.

«Tu commences ben mal, Marcel…

— Arrête de parler, pis pars-lé! J'pense que ça presse si on veut éviter le pire.

— Tu sais quoi faire, vas-y…»

Il s'est étiré de tout son long sur mon ventre, la tête dans mon cou, je l'ai gratté tout doucement derrière une oreille et il s'est mis à ronronner.

Ah!

Ma forêt enchantée! Mon petit carré de terre en dessous d'un escalier extérieur de la rue Gilford, les arbres au-dessus de moi, le soleil à travers les branches, les fleurs que je viens d'écraser sous mon poids, et Duplessis qui ronronne sur mon ventre pour me consoler! Le sommeil libérateur qui vient. Oui, la fuite dans le sommeil avec l'aide d'un gros matou que personne d'autre que moi ne peut voir et qui est devenu ma source de bonheur. J'ai quel âge? Si petit. Si petit. Je ne sais pas encore bien lire, mais je peux composer des symphonies et peindre des chefs-d'œuvre. Ici même, caché dans ma forêt enchantée, immense, à la fois inquiétante et rassurante, je peux tout! Je lève les bras et un orchestre de milliers de musiciens se jette dans l'exécution de ma nouvelle œuvre, j'agite un peu les jambes et je suis un ballet complet, le plus long et le plus beau jamais chorégraphié, un *Lac des cygnes* plus sublime que le vrai, j'écarte les doigts et le tonnerre surgit de mon piano à queue, j'étends le bras et tous les tableaux impressionnistes en jaillissent! Je suis prisonnier volontaire de la plus petite et de la plus vaste des forêts enchantées! Et la plus puissante!

À mon réveil – combien de temps ai-je dormi, une heure, une minute? –, j'avais des larmes plein les yeux. Avoir été si grand et finir aquarelliste naïf au fin fond des Laurentides!

«Ça va mieux?

— Physiquement, oui. C'est parti. Grâce à ton moteur. Mais le reste...

— J'te l'ai toujours dit, Marcel, arrange-toi avec la tête que t'as...

— ... pis laisse faire le reste. Ben oui, je m'en rappelle.»

Il était retourné s'installer là où je l'avais trouvé. Bien assis sur son cul, les pattes de devant, toutes droites, posées sur le bord de la jetée, il ne me regardait plus. Il a léché l'intérieur d'une de ses pattes, s'est gratté derrière l'oreille comme pour chasser des puces de plus de cinquante ans.

«Pourquoi t'es revenu, Duplessis?

— Parce que t'avais besoin de moi.

— Tu penses que j'avais pas besoin de toi pendant toutes ces années-là?

— T'avais du monde pour s'occuper de toi. D'abord les docteurs, à l'hôpital, pis ensuite les Gariépy pendant toutes les années où y t'ont gardé comme homme à tout faire sans presque jamais te donner une maudite cenne, pis le docteur Loiselle qui a fait de toi un homme quasiment riche, en tout cas à l'aise...

— Comment ça se fait que tu sais tout ça?

— J'étais jamais ben loin, Marcel. Pis, si t'avais vraiment eu besoin de moi...

— Tu m'espionnais?

— Marcel! Non! J'te surveillais!

— Tout le temps?

— Tout le temps. Pourquoi tu penses qu'y t'est jamais rien arrivé, la nuit, à l'hôpital ? Y s'attaquaient pas juste aux enfants, tu sais, aux adultes aussi.

— Les plus faibles, oui, je sais.

— T'étais pas fort fort quand t'es arrivé à Nominingue… T'avais besoin de ma protection…

— C'est vrai. Ça m'a pris des années pour me remettre du fait que ma mère s'était débarrassée de moi, pis j'étais ben… vulnérable. Oui, on peut dire que j'étais faible. Faut-tu que je te dise merci ?

— Non, c'est toi que tu devrais remercier.

— Pourquoi ? »

Il a tourné la tête dans ma direction. J'avais presque oublié la beauté de ces yeux jaunes là.

« Tu le sais, Marcel. »

J'ai revu ma mère penchée sur moi, une lavette à la main – pourquoi une lavette ? – qui me crie des bêtises parce que je viens encore de lui dire quelque chose qu'elle ne comprend pas. J'ai quel âge ? Je suis jeune, encore un enfant, puisqu'elle se penche pour me parler. Mais ça pourrait tout aussi bien être pendant mon adolescence, ou au début de mon âge adulte, parce que ça a duré pendant des années.

« Arrête, Marcel. Arrête ! Chus pus capable, là. Ça fait mille fois que je te le dis, j'ai rien contre ton maudit chat imaginaire, mais garde-lé pour toi ! Viens pus m'en parler ! J'ai trop longtemps fait semblant d'y croire, là j'en peux pus ! »

L'enfant, l'adolescent, le jeune adulte reste figé devant elle, son chat dans les bras, son grand amour, sa seule consolation.

Elle se tourne vers l'évier, plonge sa lavette dans l'eau grasse.

« Vis c'que t'as à vivre, Marcel, mais garde-lé pour toi si c'est des affaires que moman peut pas comprendre. Comprends-tu ?

— Non.

— Ben moi non plus. »

Une mèche de cheveux lui barre le front. C'est l'été, il fait chaud, ou alors c'est l'hiver et la cuisine est surchauffée.

« Pourquoi t'es revenu avec elle, Duplessis ? Pourquoi t'étais en feu comme elle ?

— Quand t'as recommencé à la revoir, j'me suis inquiété. Surtout parce que ses cheveux étaient toujours en feu. C'était mauvais signe. Pis j'me sus dit que si tu me revoyais en sa compagnie, tu serais moins surpris, t'aurais pas peur, tu mettrais ça sur le dos d'une crise... Ça fait que j'ai fait semblant de brûler, comme elle.

— Je le sais que quand je la revois, elle, c'est à cause d'une crise, mais toi...

— Marcel, encore une fois, pense pas à ça.

— Ben oui... Arrange-toi avec la tête que t'as... J'ai l'impression d'être retombé en enfance, Duplessis, j'ai l'impression de te parler comme je le faisais quand j'étais tout petit.

— Si ça peut te faire du bien... Réfugie-toi où tu peux, Marcel.

— J'ai soixante-seize ans, Duplessis, pas huit !

— Mais t'as la même tête.

— J'ai changé, j'vas mieux !

— Tu vois ce qui t'arrive quand tu prends pas tes médicaments... ou quand t'en prends trop... En attendant, va porter tes aquarelles à madame Dieudonné.

— Tu la connais, elle aussi ?

— Viens pas me dire que ça t'étonne après ce que je viens de te dire…
— Non. C'est vrai.
— T'aurais dû manger tes rognons avec elle, Marcel. Essaye de voir du monde, t'es toujours tu-seul…
— J'sais pas quoi faire, j'sais pas quoi dire quand chus avec du monde. Je l'ai jamais su…
— Tu le sais pas, t'essayes pas!
— Avec madame Dieudonné, j'y arrive, Duplessis! Même que c'est facile, je sais pas trop pourquoi…
— Tu vois, continue comme ça…
— J'ai peur qu'a' pense…
— Marcel, à ton âge, franchement…
— Y en a, des vieux vicieux…
— Madame Dieudonné pense pas que t'es un vieux vicieux, Marcel. »

Il s'est étiré comme s'il sortait d'un sommeil pesant, il a bâillé, puis il a jeté un coup d'œil en direction de mes aquarelles.

« J'les ai regardées pendant ton absence. Sont belles.
— J'étais content, c'est pour ça que j'ai voulu les montrer à madame Dieudonné tu-suite.
— T'as jamais dessiné de chats.
— Non. C'est vrai. Pas par exprès, en tout cas.
— Ça veut dire quoi, ça?
— Des fois, dans mes lavis, on peut deviner comme une ombre…
— De chat?
— Oui. Quequ'part dans un coin du ciel, ou dans un groupe de sapins… Mais je l'ai pas voulu. Ça s'est fait tu-seul… Ça a séché comme ça… Mais t'as raison, j'ai à peu près toujours dessiné des paysages vides.
— Y faudrait que tu commences à les remplir de vie, Marcel. Comme celles-là…

— Y en ont de la vie!
— Tu sais très bien ce que je veux dire. Peuple-les, tes aquarelles, ajoute des baigneurs dans la mer, je sais pas, moi, des oiseaux dans le ciel des Laurentides. Peins ce qu'y a en dessous des sapins plutôt que juste ce qu'y a au-dessus!»

Il s'est couché sur la jetée, a jeté un coup d'œil sur l'eau.

«C'est vrai que c'est pas à moi de te dire quoi faire, hein, tu le sais…»

Il s'est redressé, a bâillé une seconde fois. J'ai vu ses dents, son palais rose, la belle tache foncée sur son poitrail.

«Bon, ben j'vas y aller, moi. Ta crise est finie… À plusse…»

Il m'a tourné le dos et s'est dirigé vers la route qui longe le lac juste avant le début du village.

«Ça veut dire que j'vas te revoir juste à ma prochaine crise?
— Ça a ben l'air!
— J'peux quand même pas me mettre à avoir hâte d'avoir une crise!»

Il a sauté dans un bosquet de fleurs sauvages.

J'ai mis mes mains en cornet devant ma bouche, comme Tarzan, le roi de la jungle. Marcel, le roi de l'aquarelle. En plus, ça rime.

«Ça veut-tu dire que quand j'étais petit, j'étais toujours en crise?»

Pas de réponse.

Jamais de réponses.

C'est difficile de transcrire une conversation. C'est ce que j'ai essayé de faire avec celle que j'ai eue pendant ma rencontre avec Duplessis cet après-midi. Se rappeler les bons mots, les bonnes expressions, ne pas donner de sens à une chose qu'on a entendue et qu'on n'a pas comprise, mais se contenter de la restituer telle quelle, sans l'expliquer. Se rappeler la voix de l'autre, aussi, ses intonations, sa façon de souligner certains mots et d'en escamoter d'autres.

Je suis assez souvent resté bloqué devant ce que j'avais à dire. À écrire, plutôt. Ou à confesser. Le reste, depuis le début de mon journal, sauf peut-être ma visite à madame Dieudonné où rien de très essentiel ne s'était dit, venait de moi, c'était ma version à moi, alors que là Duplessis m'avait quand même dit des choses importantes que je devais noter en les trahissant le moins possible. Je crois bien que j'y suis arrivé. À grands coups de ratures, de soulignements et de notes dans la marge. Ce sont les seules pages sales depuis le début de ma tentative d'écriture. Si j'étais prétentieux, je dirais que ça ressemble à une page de Proust. Si j'étais humble, à un cahier d'écolier désordonné.

J'ai aussi tenté de comprendre ce qui m'était arrivé au juste. Est-ce que j'avais dormi ? Est-ce que j'avais fait une vraie crise? À cause d'une seule surdose de médicaments? En revenant à moi, je ne ressentais pas tout à fait ce que je ressens d'habitude à l'issue d'une attaque. J'étais moins épuisé, je n'avais pas envie d'aller m'étendre n'importe où pour récupérer. La présence de Duplessis à mes côtés? Le fait que je pouvais continuer une conversation interrompue par… quoi? Un incident? Oui, disons un incident. Fâcheux. Peut-être.

Quant à Duplessis lui-même, mes retrouvailles avec lui sont trop importantes pour que je me pose des questions à son sujet. Je ne veux pas emprunter cette avenue-là, elle ne me conduirait de toute façon qu'à un labyrinthe, je le sais pertinemment, les quelques fois où je me suis aventuré par là m'ont été presque fatales. (J'ai été obligé d'aller vérifier dans le dictionnaire pour le pluriel de fatal. Fatals, ce n'est pas très beau. J'aurais écrit fataux qui, en fin de compte, n'est pas plus joli.)

Voilà que je tergiverse encore pour éviter l'essentiel. On écrit son journal pour aller à l'essentiel, j'imagine, et on finit toujours par l'occulter… Mais je suppose que je risque de dire le contraire demain…

En arrivant en haut de la courte côte qui mène de la jetée à la grande route, j'ai croisé madame Simoneau, la doyenne du village, une belle vieille de quatre-vingt-quinze ans qui fait sa promenade chaque après-midi, beau temps mauvais temps, dans des robes d'un autre âge, fleuries à outrance pendant l'été, déguisée en Eskimo l'hiver. Elle s'arrête pour jaser avec chaque être humain qu'elle croise, qu'elle le connaisse ou non. Je connais des gens qui traversent la rue principale de Nominingue pour l'éviter quand ils la voient arriver de son pas étonnamment rapide pour son âge. J'ai cru qu'elle s'était arrêtée pour me regarder venir. Dans l'espoir de piquer une petite jase.

« Vous apportez des nouvelles aquarelles à madame Dieudonné ?

— Oui.

— Y en a pas gros.

— Non. C'est parce que j'étais particulièrement content de celles-là. Je voulais qu'elle les voie tout de suite.

— Montrez donc, voir... »

Elle les a regardées un long moment en branlant la tête.

« Sont belles en titi. Si j'en avais les moyens, ça fait longtemps que j'en aurais une de pendue à mon mur de salon...

— Passez chez nous, j'vas vous en offrir une.
— Vous êtes donc ben fin! Mais je peux pas marcher jusqu'à chez vous, c'est trop loin pour une vieille comme moi...
— J'vas passer chez vous, madame Simoneau.
— En échange, j'vas vous donner de mon sucre à' crème.
— J'en ai entendu parler. Y paraît qu'on est sûr d'avoir un rush de sucre après en avoir mangé juste un...»

Elle a ri. Une bouche complètement édentée. Deux belles gencives bien propres, bien roses.

«J'vous regardais depuis un bon bout de temps, monsieur Marcel. Qu'est-ce que vous aviez à gesticuler comme ça?
— Je gesticulais?
— Comme si vous étiez en grande conversation avec quelqu'un.
— Ah, ça! Quand j'vas m'asseoir au bord du lac, y me prend souvent des envies de chanter. Vous avez déjà dû me voir...
— Non. De chanter quoi?
— N'importe quoi. Des chansons. De l'opéra. Pis je mime ce que je chante... Voulez-vous entendre ce que je chantais aujourd'hui?
— Chantez-vous bien?
— Ah non!
— Ben, laissez faire, d'abord.»

Elle a tourné le dos, s'est éloignée en secouant la tête.

Alors je me suis mis à chanter *Où sont tous mes amants* à tue-tête pour qu'elle m'entende bien.

Elle a haussé les épaules. Mais je savais qu'elle riait.

(Cette conversation-là, je n'ai eu aucun mal à la transcrire. Peut-être parce que c'était juste une anecdote sans conséquence.)

Madame Dieudonné fumait sur le pas de sa porte. Sa galerie donne directement sur le trottoir de la rue principale. Elle emporte toujours un cendrier avec elle qu'elle vide ensuite dans les toilettes, même si elle n'a fumé qu'une cigarette. On peut la voir tous les matins balayer le trottoir devant sa petite galerie d'art pour chasser toutes les salissures que ses clients ou les passants ont laissées derrière eux. Elle m'a expliqué un jour que cette désagréable tâche ne la dérangeait pas outre mesure parce que c'était le seul exercice qu'elle pratiquait de toute la journée. Je l'ai même vue armée d'une pelle, après une tempête de neige, à la recherche de mégots gelés et de papiers gras qui, si elle ne s'en occupait pas, allaient rester là jusqu'au printemps. Elle a beau savoir que le village nettoie ses trottoirs à grands coups de grattes mécaniques, qu'on appelait des chenilles quand j'étais petit, elle ne fait confiance à personne et ne prend aucune chance. Été comme hiver, le bout de trottoir devant la Galerie du Nord est donc parfaitement propre.

« Pas de balai, aujourd'hui, madame Dieudonné ?

— C'est déjà fait. C'est épouvantable ce que certaines personnes peuvent laisser derrière elles… J'ai trouvé une seringue, ce matin, monsieur Marcel ! Une seringue ! On vient se piquer la nuit devant ma galerie d'art! Après les condoms usagés, les seringues! On aura tout vu! On m'aurait dit qu'on se pique jusqu'à Nominingue que je ne l'aurais pas cru! Pensez-vous que quelqu'un va entrer dans une galerie d'art s'il trouve des condoms usagés et des seringues sales devant la porte? Mais je vois que vous m'apportez des choses...»

Elle s'est extasiée – peut-être un peu trop? – devant mes aquarelles, là, sur le trottoir, en disant qu'elle allait les faire encadrer immédiatement parce qu'un client de Montréal venait justement de l'appeler pour lui demander comment allait ma production.

Je frémis toujours un peu quand elle parle de ma *production*. J'avoue que c'est un peu hypocrite de ma part parce que je sais très bien que je ne peins pas pour rien, sans savoir ce qui va advenir de mes tableaux, que tout ce que je fais, en tout cas une grande partie, est destiné à être vendu parce que, comme le dit si bien madame Dieudonné, je suis devenu un naïf apprécié de certains amateurs d'art. Je m'étais un peu rebiffé quand elle avait utilisé le mot naïf pour la première fois. Elle m'avait alors expliqué que ce n'était pas du tout négatif, qu'il y avait des courants d'art naïf partout dans le monde, que c'était un terme qui désignait les artistes comme moi qui n'étaient pas officiellement reconnus mais qui avaient tout de même un *following* – j'aime ce mot-là, j'aime savoir que j'ai un *following* – fidèle et passionné.

C'est bizarre de savoir que j'ai un *following* fidèle et passionné alors que j'ignore qui achète mes toiles et pourquoi. Pourquoi, je peux toujours l'imaginer, mais qui... Qu'est-ce qui décide un touriste de passage ou un client régulier à s'arrêter devant un de mes ciels et se dire *je veux vivre avec ça pour le reste de mes jours*...

Mais peut-être qu'ils ne pensent pas de cette façon-là, qu'ils cèdent simplement à un coup de cœur, qu'ils savent qu'après un certain temps pendant lequel ils vont s'arrêter devant ma toile pour l'admirer, ils vont finir par l'oublier, qu'elle va désormais faire partie des meubles, qu'ils vont passer devant peut-être, oui, pour le reste de leur vie, sans la voir…

Lorsque nous nous sommes installés dans son coin bureau pour nous envoyer un petit caoua derrière la cravate, selon son expression, madame Dieudonné m'a dit qu'elle avait une surprise pour moi. Et c'en était toute une.

Il semblerait qu'elle ait en sa possession assez d'œuvres intéressantes – c'est elle qui utilise le mot œuvre, pas moi – pour organiser une exposition solo!

Une exposition solo! Nominingue n'est pas Montréal, bien sûr, ni même Saint-Jérôme, mais l'idée de voir la Galerie du Nord remplie de mes aquarelles, uniquement de mes aquarelles, m'a semblé d'abord absurde et même incroyable. Qui va se donner la peine de venir voir ça? Pourquoi ne pas mettre la clé sous la porte tout de suite, tant qu'à y être?

Elle m'a rassuré du mieux qu'elle a pu en me disant de ne pas me tracasser pour rien, que c'était son problème à elle et que, de toute façon, elle ne se faisait aucun souci: mes toiles se vendraient comme des petits pains chauds et nous n'aurions, elle et moi, qu'à nous féliciter de l'issue de l'entreprise.

J'ai jeté un coup d'œil autour de moi et essayé d'imaginer les murs remplis de mes ciels, de mes mers, de mes forêts. Est-ce qu'on allait dire que mes aquarelles se ressemblent trop, qu'un peintre qui n'a que deux sujets n'est pas un peintre, que tout ça n'est pas sérieux, sans talent, simplement des carrés de couleurs plus ou moins grands qui se répètent à l'infini comme une obsession? J'ai dit tout ça à madame Dieudonné qui s'est contentée de sourire.

« Qu'est-ce que vous faites de Rothko, alors ? »

J'ai souri à mon tour.

Je n'ai jamais vu deux Rothko l'un à côté de l'autre, mais je suis convaincu que c'est magnifique.

(En écrivant ces pages, je pense à ma période Rothko, lorsque j'avais abandonné le XVIe siècle pour le XXe, d'abord mes Picasso, puis mes Matisse, mes Pollock, mes Lemieux, mes Riopelle et, enfin, mes Rothko, plus beaux que les originaux tous, mes Picasso, mes Matisse, mes Pollock, mes Lemieux, mes Riopelle, mes Rothko et ces quelques Bacon jamais terminés parce qu'ils ressemblaient trop à ce qu'il y avait à l'intérieur de ma tête, tous plus beaux que les originaux. Je pensais à l'intérieur de ma tête qui les contient tous…)

Une date a été choisie quelque part en octobre et madame Dieudonné, un grand sourire aux lèvres, m'a dit qu'elle allait m'aider à choisir une tenue convenable.

Je n'ai pas de tenue convenable.

Qu'à cela ne tienne, madame Dieudonné va m'aider à en trouver une.

Il est entré dans l'infirmerie à longs pas assurés et est venu s'asseoir sur la chaise droite posée à côté de mon lit.

C'était une grande pièce bien éclairée occupée, entre autres choses, par trois lits posés côte à côte le long d'un des quatre murs peints en vert hôpital. J'étais cloué depuis de longs jours dans celui qui se trouvait le plus près de la fenêtre. Les deux autres étaient vides. Mon arrivée à l'hôpital de Nominingue avait été houleux et on m'avait installé là – *vous allez être tranquille, vous allez vous reposer, on va prendre bien soin de vous* – avant de me jeter, on le ferait bientôt, dans ce qu'on appelait le dortoir des grands où j'allais passer la plus grande partie de ma vie. Mais ça, je ne le savais pas encore.

« Bonjour, Marcel. Vous acceptez que je vous appelle Marcel ?

— C'est mon nom. »

Il avait un long visage gris, presque du même gris que ses cheveux, un nez trop étroit et pas de lèvres. Je n'avais jamais vu une bouche aussi petite et des lèvres aussi minces. Et ses yeux... Deux billes d'un bleu qui ressemblait à celui dont se servaient les femmes, chez nous, pour blanchir le lavage, celui en cube qu'elles ajoutaient au linge qui trempait dans la bassine, surtout le blanc. Du bleu qui blanchissait le blanc. Je n'ai jamais compris comment c'était possible et j'ai tanné ma mère et ma tante Nana pendant des années pour qu'elles me l'expliquent. Mais elles ne le savaient pas elles non plus. C'est du moins ce qu'elles prétendaient.

«Le mien est Loiselle. Mon nom. Docteur Loiselle. C'est moi qui vais m'occuper de vous…
— Pourquoi?
— Bien… Vous savez où vous êtes, Marcel?
— Oui. Dans une chambre d'hôpital. Loin de chez nous. Ma mère est venue me reconduire. On a fait un voyage en autobus qui a duré quasiment toute une journée. Mais je m'en souviens pas beaucoup parce que j'étais malade.»

Il a sorti un petit calepin et un crayon à mine de la poche intérieure de sa veste.

«Je vois que vous êtes capable de vous exprimer clairement. Je suis très content. Quand vous êtes arrivé ici…
— Vous êtes déjà venu?
— Oui. Plusieurs fois. Mais…
— J'm'en rappelle pas. Je suppose que vous allez me dire que j'étais pas capable de parler clairement?
— Il était impossible, en effet, de communiquer avec vous. Vous étiez en pleine crise et…
— Ça a duré longtemps?
— La crise? Oui.
— Combien de temps?
— Longtemps.
— C'est drôle parce que d'habitude sont plutôt courtes. C'est des crises d'épilepsie. Mais vous devez déjà tout savoir ça, ma mère a dû tout vous conter…

— Mais cette fois-là, vous étiez dans un état particulier…

— Une crise pire que les autres ?

— Une crise différente des autres… »

J'ai tourné la tête vers la fenêtre. Je me suis dit que l'infirmerie devait être située au rez-de-chaussée puisque je pouvais voir des voitures passer devant l'hôpital, au loin, au bout d'un parc. Et des promeneurs. Je ne voulais pas lui faire face pour poser ma prochaine question.

« C'est quel genre d'hôpital, ici, docteur ? Un hôpital pour les malades dans' tête ?

— Pourquoi vous me demandez ça ? »

Je revoyais ma pauvre mère, exaspérée, épuisée après l'une de mes innombrables alarmes, qui lançait un grand soupir de découragement en se croisant les bras sur la poitrine. Les menaces, l'asile, l'hôpital de fous, Saint-Jean-de-Dieu, la camisole de force, les piqûres, les bains d'eau glacée, les ridicules avertissements d'une femme désespérée. Comme si la peur pouvait me guérir de quoi que ce soit. Je n'étais pas à Saint-Jean-de-Dieu, cependant, puisque nous avions fait une longue journée d'autobus pour nous rendre jusqu'ici.

J'entendais aussi la phrase si longtemps répétée :

« J'vas finir par le faire, Marcel, j'vas pourtant finir par le faire ! »

Elle avait fini par le faire.

Elle avait caché ses cheveux sous un chapeau – celui qu'elle portait pour assister à la messe le dimanche – pendant le voyage entre Montréal et Nominingue. Je suppose qu'elle ne voulait pas qu'on voie ses cheveux brûlés jusqu'à la racine et qui sentaient encore mauvais quand on s'en approchait de trop près. La honte qu'elle devait ressentir! D'accompagner son enfant – son grand enfant de vingt-trois ans – dans un lieu dont elle l'avait menacé depuis qu'il était petit tout en doutant – en espérant? – de jamais avoir à le faire.

«Parce que je suppose qu'y fallait que ça finisse de même.

— Vous pensez que c'était inévitable que vous vous retrouviez un jour dans un endroit comme celui-ci?»

J'ai tourné la tête, je l'ai regardé droit dans les yeux.

«Pis vous?

— Je n'en sais pas encore assez, Marcel, pour juger de ces choses-là.

— Voyons donc! Ma mère a dû toute vous dire, pis en rajouter pour être ben sûre que vous me garderiez! J'ai mis le feu aux cheveux de ma mère, docteur, vous pensez pas que ça mérite d'être enfermé? Ben moi je le pense! Je pense qu'elle a ben faite même si ça me tue! Tiens, v'là rendu que je parle comme elle! À l'entendre parler, elle, toute la tuait! Mes crises, les folleries de ma sœur, ses changements d'humeur, à elle, toute!

— Nous ne sommes pas là pour parler de votre mère, Marcel...

— Si vous pensez que j'vas vous faire une grande confession aujourd'hui en me frappant la poitrine avec le poing, détrompez-vous. Si vous voulez parler de moi, revenez un autre jour. J'ai pas le goût de... Ah, c'est ça, elle a fini par le faire! A' m'a menacé pendant des années de me mettre entre les mains de ce qu'elle appelait un physiatre parce qu'a' connaissait pas le mot psychiatre, pis elle a fini par le faire. Ben laissez-moi vous dire que vous allez avoir de la misère avec moi! J'ai pas pantoute envie que vous me creusiez la cervelle à la recherche de j'sais pas trop quoi, d'affaires qui y sont pis d'affaires qui y sont pas... »

Je devenais agressif, j'étais agité.

Et j'ignorais que les visites du docteur Loiselle deviendraient bientôt le moment le plus important de la journée parce que je pourrais enfin y être moi-même sans penser qu'on me jugeait. Fou.

Il a remis le calepin et le crayon dans sa poche, s'est levé.

« Reposez-vous bien. C'est tout pour aujourd'hui. Je reviendrai demain. »

Il s'est levé pour partir.

Je me suis dressé dans mon lit.

« J'peux-tu vous poser une question... docteur Loiselle ?

— Oui. Allez-y...

— C'est quoi l'accent que vous avez ? Êtes-vous un Français ? »

Il a souri.

« Non. Je suis né à Montréal, comme vous. Mais j'ai passé plusieurs années en France, à Paris, pendant mes études, et j'ai pris, oui, je suppose, un petit accent français. On me le faisait remarquer au début, mais vous êtes le premier depuis longtemps...

— J'peux-tu vous demander de le laisser de côté ?

— Quoi ? Mon accent ?

— Oui. Êtes-vous capable de parler sans cet accent-là ?

— Oui. Sans doute. Mais il faudrait que je m'applique, il me vient naturellement. Vous ne l'aimez pas ?

— C'est pas ça. Y m'impressionne. J'vous avertis juste que j'vas avoir de la misère à me confier à quelqu'un qui parle comme ça. Qui parle mieux que moi. »

Il m'a regardé longtemps avant de me répondre.

Ses yeux bleu à laver aussi m'impressionnaient.

« J'vais faire ce que je peux. Mais ça va me demander un effort…

— Moi aussi, docteur, ça va me demander un effort de vous parler… »

Cette première conversation avec le docteur Loiselle a eu lieu il y a tellement longtemps que je ne me suis pas senti l'obligation de m'y tenir de très près. Je crois bien que l'essentiel y est, que tout ce qui s'est dit s'y retrouve, mais je me suis peut-être un peu laissé aller à inventer quand il m'en manquait des bouts. Des mots, sûrement des phrases complètes, surtout de la part du docteur Loiselle puisqu'il ne parlait pas comme moi. La mémoire, si elle se rappelle les faits en général, oublie des détails qu'il faut reconstituer, interpréter en quelque sorte, quand on veut les relater. En tout cas par écrit. J'apprends la grande différence entre raconter une chose – ce dont je ne me prive pas avec madame Dieudonné, par exemple, qui semble apprécier ma façon saccadée de raconter des anecdotes et mes grands gestes pour les souligner – et l'écrire. Question de précision ? Peut-être. Écrire prend plus de temps, plus de soin, et je me surprends parfois à ce que j'appellerais *me regarder écrire*, c'est-à-dire prendre le plaisir de déposer sur le papier des phrases qui se tiennent, que je trouve belles et qui sont le mieux construites, le mieux équilibrées possible. À consulter le dictionnaire des synonymes quand un mot revient trop souvent ou la grammaire quand se pose un problème d'accord de verbe. Du style ? Je n'aurais pas cette prétention. Mais, tant qu'à faire, pourquoi ne pas bien exécuter les choses si on y prend plaisir ? Ce qui me semblait une tâche pénible au début de ce journal est en train, je dois me l'avouer, de devenir un passe-temps presque aussi prenant que les aquarelles. Que je ne néglige pas puisque j'en ai terminé une juste avant d'ouvrir mon journal.

Est-ce que ces deux façons de m'exprimer procèdent – j'aurais pu écrire proviennent, mais procèdent est plus beau – de deux besoins différents, les gestes larges et rapides pour l'aquarelle, le contrôle et la précision pour l'écriture ?

J'ai décidé de suivre le conseil de Duplessis et d'essayer de peupler mes aquarelles de personnages ou d'animaux.

Ma première tentative n'est pas des plus réussies, mais le résultat est amusant.

Devant mon coucher de soleil habituel – pareil aux autres et en même temps si différent ! –, j'ai donc dessiné un cycliste, de profil. Il n'est pas très maîtrisé, surtout la bicyclette dont les roues ne sont pas tout à fait rondes. Et le tableau donne une drôle d'impression : en effet, qui fait de la bicyclette au bord de la mer, qui peut arriver à pédaler dans le sable ? Je n'ai jamais essayé, mais il me semble que c'est une absurdité. Qu'importe, me suis-je dit, ce tableau ne se veut surtout pas réaliste. Je n'allais quand même pas ajouter une route ou un trottoir si près de la mer juste pour que ça fasse plus vrai !

Peut-être parce que le sujet ne venait pas de moi, l'idée d'ajouter un personnage, en tout cas, je ne sais pas si je l'aime ou non. Il n'est pas plus mauvais que les autres – ce n'est certainement pas le meilleur, ça je le sais –, le ciel et la mer sont plutôt réussis mais, c'est drôle, si je le pouvais j'effacerais ce personnage que je trouve superflu. Il me semble que le tableau serait plus complet vide.

Je vais en parler au docteur Bazin qui trouvera sans doute là matière à réflexion. De ma part, bien sûr.

Le 20 juillet 2016

Il est très rare que je me souvienne de mes rêves au matin. Ou pendant la nuit. Je suis souvent soulagé de me réveiller – la plupart du temps un simple mauvais rêve sans conséquence, je ne fais presque pas de cauchemars –, je garde en mémoire ce dont il s'agissait pendant quelques secondes à peine, puis j'oublie. C'est inutile d'essayer de le retrouver, je l'ai perdu à tout jamais. Il ne me reste que le soulagement d'y avoir échappé. Celui que j'ai fait ce matin, cependant, je n'arrive pas à m'en défaire et c'est peut-être la raison pour laquelle j'ai mis une date à cette entrée. Pour pouvoir facilement retrouver la page et relire ce que j'en ai retenu ? Peut-être. Comme je n'ai pas non plus paginé mon cahier, c'est le premier repère que je plante dans mon journal. C'est donc la preuve que j'ai l'intention de le relire, alors que je disais le contraire lorsque j'ai commencé à l'écrire…

Je suis à l'hôpital de Nominingue, mais je suis enfant. Longtemps, donc, avant d'y avoir été placé. Juché sur ma chaise haute, je mange des grains de maïs qui se sont dispersés un peu partout sur la tablette de la chaise parce que j'ai renversé le bol qui les contenait.

C'est le début de septembre, ce blé d'Inde est le dernier qu'on mangera jusqu'en août prochain. Je ne devrais pas savoir ces choses-là, je suis trop jeune, mais je les sais et c'est ce que je suis en train de me dire en en enfournant une énorme poignée dans ma bouche. Ils ont baigné dans le beurre et le sel, c'est bon, ça croque sous la dent, c'est à la fois sucré et salé. Puis, alors que je suis sur le point de saisir le dernier petit grain qui était allé se cacher dans un coin de la tablette de bois…

Elle est assise sur une chaise droite qu'elle a placée à côté de la mienne. Ses cheveux ne flambent pas, c'est donc un rêve, c'est la première chose que je me dis. Ça se passe avant. Avant que se manifestent les crises et bien avant que l'idée de mettre le feu aux cheveux de ma mère me vienne.

« T'es un enfant de la guerre, Marcel. Ton père m'a fait un deuxième enfant, même si j'en voulais pas, pis laisse-moi te dire que je voulais pas d'un autre enfant de ce fou-là, parce qu'y avait peur de la guerre qui s'en venait. Est-tait pas encore déclarée qu'y prenait déjà les moyens pour pas être obligé d'y aller. Y a toujours été lâche. On disait que les pères de famille seraient exemptés au commencement de la guerre, qu'y seraient obligés d'y aller juste quand ça irait ben mal… Pis, va donc comprendre une chose pareille, y a été un des premiers à se porter volontaire! Y t'avait faite pour pas être obligé d'y aller pis y a sauté dedans à pieds joints aussitôt qu'y a pu! Avant même que tu viennes au monde, avant même de te voir la face! Un coup de tête, une idée de soûlon, une gageure de taverne? On l'a jamais su. Y est parti en fanfaron avec un des premiers contingents – tout le monde y disait qu'y était beau dans son uniforme, moi je le trouvais ridicule –, y a dû aller faire le fanfaron devant les nazis pour faire rire ses chums comme si c'étaient des chums de taverne... pis y est mort en héros. Comprends-tu ça, toi? L'homme le plus lâche que la terre a jamais connu est mort en héros sous les balles ennemies. Alors que ce qui a dû vraiment se passer, c'est qu'il est allé faire des simagrées devant les nazis en s'imaginant que c'était des méchants de cinéma... Y était assez imbécile pour ça, tu sais... Avec une bière dans le nez. J'étais ben contente de toucher ma pension de veuve de guerre, mais j'étais aussi certaine qu'y méritait pas de récompense, que la médaille que le gouvernement m'avait envoyée, il l'avait pas méritée, qu'y avait trompé son monde jusqu'au bout! Ses fanfaronnades y avaient coûté la vie et mérité une médaille de guerre, imagine! Si ta grand-mère pis ta tante Nana avaient pas été là, j'aurais accouché tu-seule comme une gipsy! On t'a toujours dit que t'étais tout maigre, tout fripé, quand t'es venu au monde, mais t'étais pire que ça. T'avais pas l'air d'un bébé, t'avais l'air... je sais pas... d'un petit animal pas fini. On t'a sauvé, surtout ta tante pis ta grand-mère, parce que ça aurait pas été chrétien de pas le faire, mais si ça avait été juste de moi... Un petit paquet de troubles, mais un paquet de troubles pareil, c'est ça que t'étais. Pis que t'es resté.»

Pourquoi me disait-elle tout ça? Elle me l'avait déjà répété des centaines de fois, surtout lorsqu'elle était fâchée contre moi. J'ai mis le dernier grain de blé d'Inde dans ma bouche et elle s'est levée de sa chaise, hors d'elle.

«Écoute-moi quand j'te parle! On mange pas de blé d'Inde quand notre mère nous dit qu'a' voulait pas de nous autres! J'voulais pas de toi, peux-tu comprendre ça? J'aurais pas voulu d'un enfant normal, ça fait qu'imagine-toi ce que je pensais de toi! Trop faible pour survivre! T'étais trop faible pour survivre, qu'est-ce qui nous a pris de te garder en vie! Toutes les trois à te dorloter, à t'envelopper dans de la ouate huilée, à endurer tes pleurnicheries qui ont duré des années! T'as pleuré pendant toutes les premières années de ta vie, Marcel, c'était exaspérant! Pis quand… pis quand t'as commencé à voir des affaires pis à insister pour dire que tout ça était vrai… Tes yeux, Marcel, si t'avais pu voir tes yeux!»

Elle s'est penchée sur sa chaise, elle s'est essuyé le visage à l'aide de son tablier.

«J't'ai tellement aimé, pourtant, j't'ai pourtant tellement aimé. Me crois-tu quand je te dis que je t'ai aimé? Me crois-tu? Crois-tu ta mère quand a' te dit qu'a' t'a aimé? La crois-tu? Me crois-tu? Me crois-tu, Marcel, quand je te dis que je t'ai tellement aimé?»

Elle s'est relevée, elle est restée debout devant ma chaise, elle a répété les mêmes phrases, de plus en plus fort.

Puis tout à coup, je m'y attendais, je savais que ça allait arriver, je l'appréhendais, sa tête a pris feu et elle a crié, une seule fois mais avec une voix terrible:

«BEN POURQUOI TU M'AS FAIT ÇA, D'ABORD?»

Je me suis réveillé en sueur. J'étais cloué sur le dos dans mon lit, j'avais de la difficulté à respirer, je haletais à petits coups comme un animal malade. Je n'ai pas redormi de la nuit et je me ronge les méninges depuis le matin à la recherche d'une explication. Que je ne trouve pas, bien sûr.

Je sais que j'y reviendrai souvent, c'est sans doute la raison pour laquelle j'ai daté cette entrée.

Le plus troublant c'est qu'il n'y a rien de nouveau dans ce rêve, que je savais déjà tout ce qu'il contient. La question est surtout de savoir pourquoi je l'ai fait à ce moment-ci de ma vie. Parce qu'elle est revenue me hanter? Pour me faire culpabiliser? Pour que je lui demande pardon? Mais pourquoi est-ce que je lui demanderais pardon? Je n'ai jamais regretté mon geste!

En me rasant, ce matin, j'ai approché mon visage du miroir. Tout près.

C'est vrai que mes yeux ne sont pas comme ceux des autres.

Et que mes verres fumés sont la meilleure dépense que j'aie faite de toute ma vie…

Je me suis essayé au portrait, ce matin. Celui de ma mère. Telle que je l'ai vue dans mon rêve. Au crayon à mine parce que je n'avais aucune idée comment je pourrais y arriver en utilisant l'aquarelle. Avec l'aquarelle, je n'ai pas besoin de faire d'esquisse au préalable, je me lance tout de suite avec mes pinceaux, à grands traits. Comme je n'avais jamais dessiné un seul visage de toute ma vie, je me suis dit qu'il faudrait que je m'applique, que ça prenne forme, que ça ressemble à quelque chose avant d'y mettre de la couleur. Sans succès. Un flop total. Tout ce que j'arrivais à produire, c'était des cercles et des cercles, des ronds partout, tout était rond, d'abord les yeux puis le nez, la bouche, les joues. Je n'arrivais pas à dessiner le contour d'un visage, il fallait – le manque d'expérience ? – que tout se fasse en cercles gribouillés à toute vitesse, et le plus étonnant est que ça donnait toujours un visage d'homme. Rien de féminin dans ce que je jetais sur le papier. Je n'arrivais pas à rendre l'étroitesse, la délicatesse d'un visage de femme, c'était toujours large, joufflu, massif. Et, chose étonnante, si ce visage avait eu à ressembler à quelqu'un, ç'aurait été à moi. Feuille après feuille – je les jetais au panier au fur et à mesure –, ce qui ressortait était une espèce de parenté avec moi, mes yeux, mon nez, surtout mes joues que j'ai plutôt potelées. (Est-ce que potelé se dit pour les joues? Ce n'est pas plutôt les mains qui sont potelées, ou les pieds? Je prendrai le temps d'aller vérifier plus tard…) Exaspéré, j'ai fini par abandonner mon projet et je suis revenu à mes pinceaux, à mon eau, à mes couleurs.

Mais j'ai gardé la dernière esquisse. Pour la montrer au docteur Bazin. Quand je lui aurai raconté comment j'en suis venu à faire ce dessin-là, il va avoir de la viande à se mettre sous la dent pour un bout de temps! Quelqu'un qui fait son propre portrait en essayant de faire celui de sa mère…

Et l'aquarelle que j'ai produite par la suite ne vaut pas la peine qu'on en parle. Elle n'a rien de particulier, c'est une parmi tant d'autres, jolie mais, j'en ai bien peur, sans grande personnalité. Le maudit ciel, la maudite mer, la maudite plage. Il faudrait peut-être que je passe à autre chose. Ou que j'en donne une nouvelle version. En ce qui concerne la forêt aussi…

De mes années chez les Gariépy il n'y a pas grand-chose à dire. Sauf que ce fut comme un long ruban gris, tout pareil, tout le temps, tout le temps pareil.

À l'hôpital il y avait de la vie, il y en avait même beaucoup trop parfois. J'ai évolué pendant des années au milieu des cris lancés par des âmes perdues qui ne savaient pas comment s'exprimer autrement, du va-et-vient du personnel, trop occupé parce que pas assez nombreux – les cornettes des sœurs s'agitaient dans les corridors, les tuniques des frères froufroutaient sans cesse –, de l'agitation produite par le moindre incident qui nous faisait dévier de notre routine. J'utilise le nous parce que je faisais partie, moi aussi, avec mes incidents à moi, avec mes perturbations à moi, de l'effervescence qui s'installait si souvent lorsque le quotidien de l'un d'entre nous était perturbé. Quand je faisais une de mes crises, une bonne partie de l'hôpital en était affectée : mes camarades, ceux avec qui j'étais en train de jouer aux cartes dans la salle commune, disons, hurlaient, d'autres voulaient me frapper parce que je dérangeais leur tranquillité, les sœurs, inefficaces en de telles circonstances, priaient à genoux au milieu de la pièce, les frères s'agitaient en essayant de calmer tout le monde. Du moins jusqu'à ce qu'on m'assomme avec des médicaments qui tuaient en moi tout ce qu'il pouvait y avoir de personnel pour donner naissance à l'espèce de zombie que je suis devenu qui n'était ni moi ni un autre. Un rien, en fait. J'ai été un rien, une absence d'être humain pendant très longtemps parce que mes crises étaient devenues trop nombreuses. Malheureux ? Non. Indifférent.

Bref, notre quotidien était réglé par les doses plus ou moins importantes de médicaments que chacun ingurgitait. Il y avait toujours quelqu'un qui ne prenait pas ses remèdes, il y avait donc souvent quelque incident désagréable qui mijotait. Au sortir de mes crises je racontais les combats entre les cow-boys et les Indiens, les autres me décrivaient leurs visions, souvent pires que les miennes…

La vie d'un hôpital psychiatrique, on l'a souvent vue au cinéma ou à la télévision : parfois exagérée pour faire plus intéressant, parfois telle quelle, comme un documentaire, mais auquel il manquerait de l'action pour des spectateurs blasés qui n'ont pas envie de voir comment un tel institut fonctionne vraiment, pas assez de drames, pas assez de sang ou de sexe.

Du sexe, tout le monde devrait pourtant s'en douter, il n'y en a que très peu dans un institut où tous les hommes sont castrés chimiquement et les femmes neutralisées. Mais j'y reviendrai.

C'est des Gariépy, après tout, que je veux parler, ce matin.

Au bout de longues années – qui, je ne l'ai jamais su, le *board of directors* ou le docteur Loiselle lui-même, je suppose –, on a jugé que j'étais apte à entrer dans un nouveau programme – les années soixante-dix où tout était possible même si ça allait à l'encontre de la logique la plus élémentaire – qui permettrait à certains patients, parmi les plus calmes, les plus obéissants, les plus doux, les mieux contrôlés, d'être en quelque sorte « adoptés » par des gens de Nominingue qui se porteraient garants de leur sécurité et de leur bien-être, moyennant, bien sûr, un montant d'argent dont je n'ai jamais connu l'importance. Les fermiers des environs furent les premiers à poser leur candidature. Je ne sais pas si l'hôpital était trop bondé, si on manquait d'effectifs, mais toujours est-il que plusieurs d'entre nous se sont retrouvés placés dans des fermes, surtout chez ceux qui n'avaient pas de progéniture et qui avaient besoin d'aide. Peut-être, en fin de compte, était-ce un vrai geste humanitaire…

J'ai donc passé le test haut la main – j'étais tellement drogué depuis mes dernières crises que je savais à peine où j'étais – et je me suis retrouvé un bon matin homme à tout faire dans une ferme laitière située à l'extérieur du village, passé quarante ans, aucune expérience avec les animaux, surtout pas les vaches, un zombie levé à quatre heures du matin, seaux vides à la main, hiver comme été, à faire le train entre deux pilules arrosées parfois à même le pis, éreinté à dix heures avec devant moi une longue journée de gestes sans cesse répétés jusqu'au soir, le pâté chinois le mercredi, le chou farci le jeudi, la sauce aux œufs le vendredi, pas de congé le dimanche parce que les vaches ne savent pas que c'est dimanche, même chose pour les différentes fêtes de l'année, la routine, toujours la même, pire que celle de l'hôpital parce qu'exténuante. Et pas une seule crise. Pendant des années.

Un long ruban gris, tout pareil, tout le temps, tout le temps pareil.

On ne peut cependant pas dire que j'étais plus malheureux qu'à l'hôpital. Après tout, je n'avais plus à traverser ces nuits peuplées des cauchemars des autres en plus des miens, des odeurs souvent désagréables et toujours fortes qui flottaient dans le dortoir, des règles ridicules imposées par les religieuses qui nous considéraient sans doute comme des punitions qui leur étaient imposées pour des péchés qu'elles n'avaient pas commis, de la sévérité des gardiens et du mépris des religieux, les maudits religieux tant haïs.

Et j'avais pris les vaches en affection. J'aimais leur placidité, leurs grands yeux innocents, le soulagement que je sentais chez elles lorsque je les trayais. Parce qu'elles en avaient besoin. Je savais que je leur faisais du bien chaque jour, très tôt le matin – lorsque j'entendais leurs meuglements, en m'approchant de l'étable, j'imaginais qu'elles m'appelaient, moi, que c'est moi qu'elles appelaient à leur secours –, et dans ma tête gelée aux idées nébuleuses j'étais devenu leur héros. Quand j'avais fini ma besogne auprès d'elles, été comme hiver, je restais souvent assis sur mon petit banc de bois, j'appuyais ma tête contre le flanc de la dernière bête que j'avais soulagée et j'écoutais la vie. La pulsation de l'étable, le cheval qui s'ébroue, les poules qui caquètent, le remue-ménage dans le foin où le chien et le chat ne se gênaient pas pour poursuivre des petits animaux, toutes sortes de petits animaux, qui s'étaient réfugiés dans le bâtiment contre les intempéries. Ou voler la nourriture des animaux de ferme. S'il pleuvait, j'imaginais que c'était sur moi et que ça me lavait de tout, s'il neigeait, j'inventais une randonnée, tout nu, dans les montagnes avoisinantes, dans le vent qui ne pinçait pas et les rafales qui me pliaient en deux sans me geler. Quelques minutes de répit avant que les Gariépy se lèvent et que les ordres me tombent dessus.

Ils n'ont jamais montré quelque affection que ce soit pour moi. J'étais un homme engagé qui ne leur coûtait rien, avec lequel ils faisaient un peu d'argent, une aubaine pour leur bourse dégarnie, et ils me traitaient en conséquence. Ce sont eux d'ailleurs qui ont commencé à m'appeler monsieur Marcel. Ils m'ont d'abord appelé par mon nom de famille, je leur ai demandé de m'appeler par mon prénom, et ils ont opté pour monsieur Marcel. Qui s'est vite répandu dans le village.

C'étaient des gens solitaires, peu sociables, qui ne communiquaient même pas entre eux, sauf pour échanger les informations nécessaires à la bonne marche de la ferme. Je ne crois pas exagérer en disant que je ne les ai jamais vus jaser, ce qui s'appelle jaser, pour rien, pour le plaisir de la conversation. Les repas étaient lugubres, mais la nourriture absolument délicieuse parce que madame Gariépy, allez savoir pourquoi, peut-être pour occuper ses journées vides de sens, était devenue une passionnée de cuisine. La grosse cuisine de campagne héritée de sa mère, une cuisine grasse et pesante, bien différente de la soupe claire au barley rare et au poulet chétif des sœurs. J'étais bien nourri, à peu près bien logé – une soupente, sous le toit de la maison, comme dans les romans où on punit les enfants en les enfermant en dessous de l'escalier ou au grenier –, lavé tous les jours parce que le travail de la ferme laisse des odeurs suspectes collées au corps, et je travaillais au point que je n'avais pas, ou peu, de temps pour rêver. Ou rêver que je rêvais.

Et mes médicaments, s'ils me laissaient la bouche sèche et une perpétuelle impression de léger vertige, faisaient leur besogne eux aussi. Je les prenais scrupuleusement, sans jamais sauter une dose, peut-être par crainte qu'on me renvoie à l'hôpital…

Ce qui fait que je n'ai pas fait une seule crise pendant toute la période où j'ai été assistant fermier chez les Gariépy.

Jusqu'au jour où le docteur Loiselle est venu me chercher.

Je me suis peut-être un peu trop étendu au sujet des Gariépy, mais je voulais parler de ce long ruban de temps gris qui a duré des années et pendant lequel j'ai connu une sorte de paix, sinon de bonheur.

J'ai longtemps hésité avant de m'installer à ma table de travail, ce matin. J'ai bu plusieurs cafés, j'ai pris deux petits-déjeuners complets, je tournais autour de mon cahier que j'avais posé sur le siège de ma chaise berçante qui trône sur la galerie extérieure de ma maison. Ce ne sera pas une révélation ni même un aveu puisque je sais déjà à quoi m'en tenir, mais c'est un sujet que j'ai toujours occulté, auquel je n'ai jamais réfléchi pour ne pas sombrer dans la dépression comme certains des patients de l'hôpital de Nominingue qui n'acceptent pas d'en être privés parce qu'ils avaient connu la chose et qu'elle leur manquait. Du moins au début du traitement.

Moi, je n'ai pas connu la chose.

Je ne suis jamais allé avec une femme.

Comme tous mes camarades, j'ai été castré chimiquement. Sans qu'on me le demande, sans, surtout, qu'on me le dise, on a tué ma libido. Les autres, ceux qui avaient de l'expérience, finissaient par s'en rendre compte assez rapidement, moi, vierge à vingt-trois ans, j'ai mis plus de temps.

Et, là se situe la délicatesse de ce que j'ai à écrire, on ne peut pas dire que j'ai été frustré outre mesure parce que mes pulsions, sauf peut-être au Coconut

Inn, à l'époque où des comiques mettaient des choses dans mes drinks, n'ont jamais été très puissantes.

Au Coconut Inn, quand quelqu'un avait ajouté quelque chose à mon Coke – sans doute Tooth Pick qui rôdait souvent autour de ma table en me traitant de pigeon, de tête de pigeon, de crotte de pigeon –, j'avais des érections qui pouvaient durer des heures et que je devais cacher en mettant ma main dans ma poche si j'avais à me rendre aux toilettes pour me masturber. Je l'ai déjà écrit, à ces moments-là j'aurais pu prendre plusieurs femmes, l'une après l'autre, sans jamais m'en sentir satisfait. C'est du moins ce que je ressentais. Quand je ressortais des toilettes, Tooth Pick ricanait, caché derrière un pilier du club, et je reprenais ma place, tête basse, avec une seule idée en tête : y retourner. Le nombre de soirées, je dois l'avouer, que j'ai passées à me frotter en dessous de la table pendant le récital de Mercedes… Et toutes ces taches sur mon pantalon que ma mère ne pouvait pas s'expliquer…

Les filles, en tout cas celles qui étaient au courant, les amies de Tooth Pick, ce groupe compact et vindicatif qui détestait ma sœur, flirtaient avec moi, me frôlaient en souriant méchamment, sans toutefois me toucher. C'étaient des mots doux – *Si c'est pas le plus beau pigeon du monde ! Allô, gâteau, quand est-ce qu'on se crème ?* –, des baisers lancés avec la main, des déhanchements exagérés en passant devant ma table. C'est que Thérèse était aussi crainte au Coconut Inn que Tooth Pick et personne ne voulait se mettre à dos. Sans être aussi puissante que lui, c'était une amie d'enfance du grand patron qui la protégeait *for old time's sake*, comme il le disait souvent, malgré le fait qu'elle lui tombait sur les nerfs. Tooth Pick allait finir par gagner, ma sœur par disparaître, mais ça c'est une autre histoire… Je suis donc resté puceau jusqu'à mon enfermement. Étonnant ? Pour l'époque, non. Les filles restaient vierges jusqu'au mariage, les gars se soulageaient dans la honte, s'en confessaient en rougissant, et peu d'entre eux osaient fréquenter les guidounes. Ils se mariaient ignorants, sans expérience, et les nuits de noces, m'a-t-on dit, étaient généralement décevantes. Surtout pour les femmes.

J'ai donc traversé toutes ces années privé de la chose la plus naturelle du monde.

Il m'arrive, au cinéma surtout où les scènes d'amour sont plus explicites, de me concentrer sur les corps qui s'ébattent à l'écran et de me demander pourquoi ça ne me manque pas. Pourquoi ça ne me donne aucune sensation. Je le sais, je connais la vraie raison : je n'ai plus de libido, le poison que j'ingurgite chaque jour depuis des années m'a castré depuis longtemps, a tué dans l'œuf le moindre désir qui pourrait me troubler, j'ai même développé avec les années un dégoût de tout ce qui se rattache à cette chose que la population entière de la terre semble trouver si merveilleuse et qui m'indiffère. Je n'aime pas qu'on me touche, le moindre frôlement me fait frémir, j'ai peur, oui j'ai peur, je l'avoue, des contacts physiques. Parce qu'ils demandent un investissement, une implication dont je ne me sens pas digne ? Parce que, vide et froid, je ne peux rien donner en retour ? Je les regarde, eux, les acteurs, qui semblent si pâmés, et jamais au grand jamais je n'ai envie de me retrouver à leur place, suant et geignant de jouissance. Un zombie sans regrets. Un mort-vivant qui n'a pas faim des autres. Il pourrait me rester au fond du plexus solaire un fantôme de désir, l'ombre d'une excitation, je pourrais jouir des yeux, me masturber en imagination faute de mieux. Mais non. Même pas ça. C'est dans ces moments-là – je finirai pourtant par le faire pour de bon – que j'ai envie de jeter tous mes médicaments dans les toilettes, de tirer la chasse et de leur faire mes adieux en dansant. Malgré tous les dangers. La folie, les crises d'épilepsie, les périodes de dépression, celles de trop grande confiance en moi. Et de vivre, comme dans mon enfance, comme dans mon adolescence, dans la certitude d'être l'auteur de tout. Le grand créateur. Récrire les *Rougon-Macquart*, composer *La clémence de Titus* ou *La flûte enchantée*, jeter sur la toile *Les demoiselles d'Avignon*, repeindre le plafond de la chapelle Sixtine, tourner *Huit et demi*, créer le *Prélude à l'après-midi d'un faune* ou *La mer*, peindre *Hommage à Rosa Luxemburg* et récrire, bonheur suprême, *La détresse et l'enchantement*. Être tout à la fois Zola, Mozart, Picasso, Michel-Ange, Debussy, Wagner, Fellini, Riopelle, Gabrielle Roy. Tout faire à leur place, les remplacer dans l'Histoire de l'Art, eux qui sont tout et moi qui ne suis rien. Et vivre comme avant avec mon chat, ma mère désormais en feu, les tricoteuses et leur grand savoir, le violon de mon oncle Josaphat. Vivre dans la maladie, vivre la maladie au lieu de croupir dans les Laurentides à faire des aquarelles naïves ! Avec une cuiller de bois dans ma poche arrière de pantalon, au cas où… Et traverser mes crises tout seul, sans aide, essuyer l'écume de ma bouche, rester immobile des heures durant pour retrouver mes forces vives. Exister. Vivre. Dans le danger.

Mais est-ce que ma libido reviendrait ? Suis-je trop vieux pour ces choses ? Peuvent-elles renaître après une aussi longue absence ? Et, si tout ça était possible, qui voudrait de mon corps usé ? La belle madame

Dieudonné? Voyons donc! Suis-je condamné, d'une façon ou d'une autre, à mourir sans avoir connu ça? Être capable de créer les plus belles œuvres du monde sans toutefois goûter à la chose la plus simple, la plus naturelle qui soit?

Le soleil vient de se coucher derrière le sommet des montagnes de Nominingue. C'est la pleine lune, ce soir. Et aucun violon n'empêchera les chevaux de souffrir.

Pas d'aquarelle, bien sûr, après ce que j'ai écrit hier. Qu'est-ce que j'aurais pu dessiner ? Un petit vieux, de dos, sur une page blanche ? Un personnage transparent qui regarde dans le vide ? Je n'avais envie ni de ciel ni de plage ni de forêt.

Il m'arrive souvent de penser à mon état d'eunuque, au fait que je suis un produit de la science pour mon bien, pour me protéger de moi-même. Mais c'est en partie faux puisque ma vie sexuelle n'aurait été dangereuse pour personne parce que je n'ai jamais été agressif de nature. Les médicaments pour ma maladie, oui, j'en avais besoin, j'en ai encore besoin aujourd'hui, mais la castration ? Pratiquée systématiquement sur tous les patients parce que c'est plus facile ! Pas pour notre bien à nous, pour le leur ! Ceux qui devaient nous protéger et qui nous écrasaient pour leur propre tranquillité. Pour ne pas avoir à gérer chez les autres des pulsions qu'ils désavouaient chez eux-mêmes. C'est eux-mêmes qu'ils auraient dû neutraliser.

Lorsque je pense à tout ça, je m'arrange pour m'occuper, je porte vite mon attention ailleurs pour ne pas éclater de rage et de frustration. Hier, cependant, j'ai mis des heures à l'écrire, j'y ai fait face de façon officielle, je dirais, parce que je le mettais par écrit en choisissant, en pesant chaque mot.

Ai-je besoin d'ajouter que j'ai mal dormi ? Ma libido ne me manque pas puisqu'elle est si loin derrière moi, un vague souvenir d'adolescence, un trouble du corps dont j'ai fini par oublier les effets et la portée. C'est l'injustice qui m'étouffait. Parce que j'y avais trop pensé ? Parce que j'avais commencé une analyse à laquelle je m'étais toujours refusé ? Au bout de tant d'années ? À quoi ça sert, les regrets ? Au bout de tant d'années. En tout cas je pourrais dire que ça sert à soulager. Un peu. À calmer. Comme les larmes. La rage au lieu des larmes avec, au bout, une espèce d'apaisement qui vient plus de l'épuisement que du soulagement.

Et le sommeil, au bout du compte, la fuite dans le sommeil avant le retour à la triste réalité.

Coup de téléphone de madame Dieudonné qui me commande d'autres grandes surfaces : mon exposition solo aura lieu en octobre.

Finies les introspectives *heavy*, il faut que je produise.

Et c'est tant mieux.

Je n'ai jamais su au juste pourquoi le docteur Loiselle m'avait si vite pris en affection. J'ai appris plus tard que lui et sa femme n'avaient pas eu d'enfants et j'imagine qu'il a trouvé en moi, dans ce que je lui ai raconté de ma vie, dans mon total désarroi pendant les premiers mois de mon enfermement, quelque chose qui l'a touché. Ils se sont donc contentés d'une espèce de fils adoptif déjà élevé, même malade, si c'est ce qu'ils recherchaient. Il faut dire que j'étais plus éloquent que la plupart des autres patients de l'hôpital et qu'après une assez courte période d'adaptation, je me suis mis à me confier au docteur en toute confiance. Du moins en apparence. Il était d'ailleurs la seule personne à qui je parlais. J'avais peur des frères, dont on m'avait dit tant de mal dès mon arrivée, je me méfiais des sœurs, qu'on prétendait hypocrites et qui me rappelaient celles de l'école des Saints-Anges qu'avait tant détestées ma sœur Thérèse. Quant à mes camarades d'infortune, il était plutôt difficile d'avoir une conversation suivie avec la plupart d'entre eux, aussi drogués, parfois plus, que moi.

Tout a commencé avec le surnom qu'on me donnait rue Fabre. Quand je lui ai dit qu'on m'appelait pigeon, dans mon quartier, parce qu'on trouvait que j'avais une tête et surtout des yeux de pigeon, il a souri pour la première fois. Depuis le début de nos rencontres, je lui avais surtout confié mes cauchemars, l'odeur de caramel quand venait une crise, comme si mon cerveau brûlait, mes verres fumés qui me rendaient invisible et tout-puissant, les crises elles-mêmes, comment je les vivais, comment je me sentais quand j'en sortais. Ce détail réaliste de mon enfance, ce surnom d'oiseau pas très beau, a donc piqué sa curiosité et il a commencé à me poser des questions sur ma vie de tous les jours autant qu'au sujet de ma maladie jusque-là au cœur de nos discussions.

Et je lui ai raconté tout ce que je me rappelais de mon enfance. La vie quotidienne qui ne m'avait jamais intéressé parce que j'évoluais dans un monde à moi. Mon père mort à la guerre en héros – en bouffon, disait ma mère – avant même que je vienne au monde, les trois familles réunies dans un grand appartement pour mieux vivre, surtout mieux manger pendant cette période difficile, chacun des membres de cette famille dont certains – ma mère, ma sœur, mon oncle Édouard – étaient pour le moins origi-naux, les amis que je n'avais pas réussi à me faire et les autres enfants de la rue qui, parce que j'étais différent, m'avaient trouvé ce surnom décrivant parfaitement, selon eux, mon physique particulier. Quand il m'ar-rivait, par exemple, d'apercevoir un pigeon au parc La Fontaine, j'essayais de faire le lien. En vain, bien sûr, puisque je ne me voyais pas dans ces volatiles nerveux qui bougeaient sans cesse la tête.

Au fil des mois, des années, mes rencontres avec lui sont devenues une espèce d'oasis rafraîchissante au milieu du désert si désespérant qu'était l'hôpital psychiatrique de Nominingue. Je les anticipais, je m'y jetais corps et âme, je devenais volubile, je faisais rire le docteur Loiselle, je l'émouvais, je crois bien que je m'attachais à lui autant qu'il s'attachait à moi.

Il m'appelait *mon boy* et j'étais flatté, je crois bien, que la première personne qui me donnait un surnom affectueux soit un docteur.

À ma grande honte, cependant, je dois avouer une chose terrible : je lui ai tout raconté de ma vie, parfois dans les moindres détails, sauf le principal, ce qui l'aurait vraiment intéressé, ce pour quoi ces rencontres auraient pu être salutaires pour moi. Je ne lui ai jamais parlé de ce qui se passait au cœur de mes crises, Duplessis, ma mère, les tricoteuses, les cow-boys, les Indiens, mes œuvres immortelles, ma toute-puissance, tout ce qui faisait, en fait, ma grandeur. Par pudeur ? Uniquement pour le tromper ? Parce que ça ne le regardait pas ? Ça le regardait puisqu'il était là pour m'aider.

Ou alors était-ce parce que je ne voulais pas qu'on m'aide, que je ne voulais pas, au fond, qu'on m'enlève tout ça officiellement et à tout jamais ? Je pouvais rester de très longues périodes sans crise, tranquille dans mon coin, gelé comme une balle diraient les jeunes d'aujourd'hui, mais lorsque j'arrêtais de prendre mes médicaments, lorsque j'attendais que cette odeur de brûlé me monte aux narines, était-ce parce que ça me manquait ?

Et avait-il deviné ? A-t-il tout ce temps-là attendu une explosion qui ne s'est jamais produite ? Lisait-il en moi les choses que je refusais de lui confier ? Tout en ignorant ce que c'était au juste ? A-t-il essayé de m'aider en ignorant de quoi il s'agissait ? M'a-t-il *adopté*, en fin de compte, juste pour me mettre plus en confiance ? Je sais que j'extrapole, mais un journal personnel existe aussi pour ça.

Pendant que je débitais pour la énième fois, parfois sur un ton un peu blasé, un souvenir d'enfance, il m'arrivait de vivre des choses extraordinaires. La porte s'ouvrait tout d'un coup, ma mère entrait à toute vitesse, la bouche grande ouverte sur un cri silencieux. Elle venait se poster à côté du fauteuil qu'occupait le docteur Loiselle, il lui arrivait même de poser une main sur son épaule. Une torche vivante comme un reproche vivant. Duplessis surgissait de n'importe où et venait se pelotonner contre moi en ronronnant. Les cow-boys et les Indiens s'adonnaient à leur besogne habituelle. Et je revoyais tout ce que j'avais accompli, tout ce que j'avais écrit, tout ce que j'avais dessiné, tout ce que j'avais filmé. J'y assistais. J'y étais. La traversée de la Bérézina, la guerre de Sécession, la chute de Troie, le cuirassé *Potemkine*, la Saraguina qui veut faire danser le petit Guido, Anna Magnani qu'on tue à bout portant pendant qu'elle court derrière le camion qui emmène son amant à la mort, la mort de Gervaise, la mort de Didon, la mort de Cléopâtre, la mort de Tosca, la mort de Carmen, la mort de Marguerite Gautier, la mort de Jules César, la mort de Cyrano, la mort de Siegmund, la mort de Pelléas, la mort d'Hamlet, la mort d'un commis voyageur, la mort du roi qui se meurt, I'm ready for my close-up, mister DeMille, Rosebud, the horror, the horror, c'était pendant l'horreur d'une profonde nuit, tout autre que mon père l'éprouverait sur l'heure, porgi amor, l'hiver de force, deux petits souliers de satin blanc, the answer, my friend, is blowin' in the wind, cent ans de solitude, 1984, who's afraid of Virginia Woolf?, le radeau de la *Méduse* qui tangue sur la mer et qui sent la pourriture, les chevaux fous de Guernica, Notung! Notung!, Kamouraska, je vous écris de ma petite chambre, les escaliers de la Butte sont durs aux miséreux, le sourire de la Joconde, le sourire du Cheshire Cat, le penseur, la perle au fond du gouffre, la perle à l'oreille de la jeune fille, Joseph Latour qui varge à grands coups de pied dans la porte de la chambre de son père, Maria Chapdelaine qui récite ses mille Ave, y a pas de place pour les Ovide Plouffe de ce monde, ma cassette, ma cassette, show me the money, déménager ou rester là, ce n'est pas un pays, c'est l'hiver, le vaisseau d'or, le bateau ivre, la vue de Delft, t'as d'beaux yeux, tu sais, atmosphère, atmosphère, you talking to me?, fasten your seatbelt, it's gonna be a bumpy night, are you trying to seduce me, Mrs. Robinson?, what a dump, va, je ne te hais point, un jour, mon prince viendra, somewhere over the rainbow, la guerre, la guerre, c'est pas une raison pour se faire mal, tu n'as rien vu à Hiroshima, the Russians are coming, the Russians are coming, avec le temps on n'aime plus. À la fin de l'envoi, je touche. Like a virgin.

S'en rendait-il compte? Je devais avoir les yeux fixes, ou suivre du regard les actions en CinemaScope couleur qui se déployaient devant moi! Ou alors est-ce que je racontais tout sans m'en rendre compte? A-t-il tout su sans que je le sache?

Et un bon matin, ma vie que je croyais réglée à tout jamais, la ferme, l'étable, les vaches, les moissons à l'automne, le train-train quotidien de l'hiver sans fin, a pris un tournant auquel je ne me serais jamais attendu, et mes années de relative paix ont commencé.

On décrit le malheur, on ne décrit pas le bonheur.

Je me contenterai donc de raconter brièvement que les Loiselle m'ont offert de quitter la ferme des Gariépy pour aller m'installer chez eux. L'hôpital avait accepté le transfert et, si je le voulais, je pouvais partir tout de suite. Les Gariépy, personnes de peu de mots, n'ont pas rechigné, ils n'ont pas non plus montré quelque émotion que ce soit. J'avais pourtant partagé leur vie pendant de longues années et ils perdaient un bon travailleur. J'ai su plus tard qu'ils avaient été prévenus avant moi et qu'on leur avait promis un homme à tout faire plus costaud… Je n'avais donc été que ça pour eux : un homme engagé avec lequel il faisaient de l'argent. Et ce serait la même chose pour mon successeur. Donnant-donnant. Sans échange d'émotions.

Une chambre à moi, une télévision à moi, pas de travail éreintant, tout était nouveau, j'avais l'impression de rêver. Dorloté par madame Loiselle, cuisinière plus que respectable mais moins que madame Gariépy, guidé par le docteur Loiselle qui avait plus de temps à me consacrer, des sorties au cinéma, tous les livres que je voulais lire, du théâtre, rarement, quand une troupe de Montréal s'aventurait jusque dans notre région. Pendant des années. Une crise de temps en temps, sans visiteurs toutefois, comme si je n'avais plus eu besoin d'eux pour survivre. Ce serait long et ennuyeux à décrire, mais j'ai vécu cette époque avec grande intensité et beaucoup de joie.

Lorsque les Loiselle sont morts dans un accident de voiture, le 2 février 2000, jour de la Chandeleur et jour de la marmotte, j'ai cru crever de chagrin. Je n'ai pas pensé une seconde à ce qu'il adviendrait de moi, de ma vie dans cette si agréable maison en compagnie de ces deux êtres exceptionnels, je me suis plutôt immergé dans un deuil qui faisait craquer chacune des fibres de mon corps, j'ai sauté à pieds joints dans un malheur dont je ne soupçonnais pas le fond, j'ai maudit le sort qui reprenait toujours ce qu'il avait donné, j'ai fait crise sur crise toujours avec ma cuiller de bois à portée de la main. Quant à mes visiteurs, je crois bien que j'ai réussi à les tenir éloignés.

Et au moment où je commençais à penser avec horreur à mon retour à l'hôpital dont je dépendais toujours – le déprimant réfectoire, l'horrible dortoir des vieux, on allait me placer dans l'horrible dortoir des vieux! –, j'ai appris que les Loiselle me laissaient leur maison avec juste assez d'argent pour payer les comptes la concernant. Pour le reste, je devais me débrouiller.

Invraisemblable? Eh oui!

Surtout quand on pense que l'hôpital ne s'est plus jamais intéressé à mon sort.

Ou bien les Loiselle m'aimaient profondément, ou bien ils ont eu pitié de moi, je ne le saurai jamais et j'ai longtemps sauté d'une théorie à l'autre sans jamais trouver la vraie raison.

Mais il va sans dire que je préfère avoir été aimé.

Depuis, il y a eu mon maigre talent d'aquarelliste, l'arrivée de madame Dieudonné dans ma vie, ce projet d'exposition solo dans une petite galerie du fin fond des Laurentides et qui représente tant de choses pour moi après toutes ces années de rêveries.

Elle est toute noire. Sous un ciel torturé – les nuages s'entrechoquent, un orage se prépare, ça ressemble un peu à une illustration de Gustave Doré – un vieux monsieur Marcel transparent contemple l'horizon. Comme s'il attendait la première déflagration pour s'en aller. Comme s'il attendait qu'on le chasse de l'aquarelle pour laisser la place à la colère. Ou qu'il se préparait à aller la rejoindre, la colère, à s'unir à elle, à devenir elle.

Je crois que j'ai mis moins de deux minutes à peindre l'orage qui s'en vient. Des gestes larges, ronds, mon pinceau bien mouillé, beaucoup de ce graphite noir que je viens de découvrir et que je trouve si beau. J'ai installé l'aquarelle au soleil pour qu'elle sèche plus vite. Je ne voulais pas que le noir se dilue, je le voulais foncé, presque envahissant. Quant au petit monsieur Marcel, je l'ai dessiné avec une plume Micron numéro 5, très fine, pour qu'il soit le plus discret possible au bas du tableau. De la même façon que Duplessis avait disparu en s'effaçant sous mes yeux, il y a si longtemps, mon petit monsieur Marcel quitte le monde – la scène ? –, mais en nous tournant le dos, alors que mon chat, lui, m'avait nargué en me regardant droit dans les yeux.

C'est un beau tableau, un peu malhabile, avec une intéressante touche d'inachevé. Il a été fait par un peintre qui se savait naïf, qui utilisait sa naïveté. Mais je ne peux pas m'empêcher de le trouver inquiétant.

POSTLUDE

Je me suis réveillé avec un énorme mal de tête. J'ai tout de suite pris deux aspirines. Je serais bien resté au lit plus longtemps, mais la cloche du petit-déjeuner venait de sonner et je devais me dépêcher si je ne voulais pas passer en dessous de la table… J'ai bâillé, je me suis frotté les yeux, un petit enfant qui refuse de quitter la chaleur de son lit et, peut-être, le rêve agréable qu'il vient de faire.

Depuis que l'hôpital a été transformé en ce que j'appelle *une cabane à vieux*, j'ai eu la chance non seulement qu'on me garde, mais qu'en plus on m'installe dans une chambre privée munie d'un téléviseur qui ne capte que quelques chaînes, moyennant, bien sûr, que je sacrifie la totalité de ma pension de vieillesse. Adieu le dortoir, donc, qui n'existe plus et qu'on a converti en grand salon de repos. Je passe de longs après-midi, l'hiver, à lire là où j'ai dormi pendant plus d'un demi-siècle. Plus de religieuses pour imposer une discipline trop sévère, plus de religieux libidineux pour menacer nos nuits. Une vie monotone – repas, médicaments, télévision, l'occasionnelle crise – mais que demander de plus quand on est un vieux schizo de soixante-seize ans et qu'on a produit les plus grands chefs-d'œuvre de l'histoire de l'humanité ?

À côté de mon lit, posés sur une chaise, mon journal et ma plume. Comme chaque matin je l'ai ouvert. Vide. Toutes les pages sont blanches. Pas un mot n'a été écrit. Je m'y mettrai peut-être un jour…

Il ne me reste plus qu'à vérifier si mes aquarelles existent vraiment.

Et si Duplessis et ma mère m'attendent sur la grande galerie.

Key West, 28 novembre 2016 – 8 mars 2017

OUVRAGE RÉALISÉ PAR
LUC JACQUES, TYPOGRAPHE
ACHEVÉ D'IMPRIMER
EN OCTOBRE 2017
SUR LES PRESSES
DE MARQUIS IMPRIMEUR
POUR LE COMPTE DE
LEMÉAC ÉDITEUR, MONTRÉAL

ÉD. 01 / IMP. 01

DÉPÔT LÉGAL
1ʳᵉ ÉDITION : 4ᵉ TRIMESTRE 2017

Imprimé au Canada